新・知らぬが半兵衛手控帖

埋蔵金

藤井邦夫

JN054441

双葉文庫

目次

埋蔵金　新・知らぬが半兵衛手控帖

江戸町奉行所には、与力二十五騎、同心百二十人がおり、南北合わせて三百人ほどの人数がいた。その中で捕物、刑事事件を扱う同心は所謂《いわゆる》〃三廻り同心〃と云い、各奉行所に定町廻り同心六名、臨時廻り同心六名、隠密廻り同心二名とされていた。

臨時廻り同心は、定町廻り同心の予備隊的存在だが職務は全く同じである。そして、定町廻り同心を長年勤めた者がなり、指導、相談に応じる先輩格でもあった。

第一話　邪魔者

一

北町奉行所は表門を八文字に開き、多くの人が出入りしていた。

臨時廻《りんじまわ》り同心の白縫半兵衛《しらぬいはんべえ》は、岡《おか》っ引《ぴき》の半次《はんじ》と下《した》っ引《ぴき》の音次郎《おとじろう》を伴《ともな》って出仕《しゅっし》した。そして、半次と音次郎を表門脇の腰掛《こしかけ》に待たせ、同心詰所《つめしょ》に顔を出した。


「やあ。市中見廻《みまわ》りに行って来るよ」

半兵衛は、当番同心に告げて直《す》ぐに同心詰所を出ようとした。

「あっ、待って下さい、半兵衛さん……」

当番同心は、慌《あわ》てて半兵衛に駆け寄った。

「うん。何だ……」

当番同心の用は、おそらく吟味方与力《ぎんみかたよりき》の大久保忠左衛門《おおくぼちゅうざえもん》が呼んでいると云《い》う事だ。

半兵衛は、そう睨《にら》みながら惚《とぼ》けた。

「はい。例繰方《れいくりかた》与力の堀田《ほった》兵庫《ひょうご》さまが、出仕したら用部屋に参れとの仰《おお》せです」

当番同心は告げた。

「例繰方の堀田さま……」

忠左衛門ではなかった。

半兵衛の睨みは外れた。

「はい。お伝えしましたよ」

当番同心は、半兵衛に念を押して自席に戻って行った。

例繰方与力の堀田兵庫さま……。

〝例繰方〟とは、刑法例規《れいき》を調べて判例《はんれい》を整理し、仕置集《しおきしゅう》の編纂《へんさん》などをする役目だ。

例繰方与力の堀田兵庫とは、挨拶《あいさつ》をする程度の仲で余り付き合いはない。

その堀田兵庫が、半兵衛を用部屋に呼んだのだ。

何用だ……。

半兵衛は戸惑った。

とにかく逢《あ》ってみるか……。

半兵衛は、例繰方の用部屋に向かった。

例繰方の部屋では、既に同心たちが仕置の判例などを検《あらた》め、整理を始めていた。

半兵衛は、例繰方の部屋の奥にある堀田の用部屋を訪れた。

「堀田さま。臨時廻り同心の白縫半兵衛、お呼びにより参りました」

半兵衛は、障子《しょうじ》越しに用部屋に告げた。

「おお。白縫か、入ってくれ」

堀田の声がした。

「はっ……」

半兵衛は、障子を開けて堀田兵庫の用部屋に入った。

「やあ。忙《いそが》しい処《ところ》、呼び立てて済まぬな」

例繰方与力堀田兵庫は、書類を書いていた筆を置いて精悍《せいかん》な顔を半兵衛に向けた。

「いえ。して、御用とは……」

半兵衛は、堀田を見据《みす》えた。

「白縫、此処《ここ》だけの話だが、北町奉行所の吟味方与力が多額の賄賂《まいない》を貰《もら》って事件を握《にぎ》り潰《つぶ》しているとの訴えが、秘かにあってな」

堀田は声を潜《ひそ》めた。

「吟味方与力が賄賂を……」

半兵衛は、戸惑いを浮かべた。

「うむ……」

堀田は頷《うなず》いた。

「して、その吟味方与力とは何方《どなた》ですか……」

「大久保忠左衛門どのだ……」

堀田は囁《ささや》いた。

「大久保さま……」

半兵衛は驚いた。

「左様《さよう》。訴え出た者は、大久保忠左衛門どのだと申しておる」

「大久保さまが……」

半兵衛は、俄《にわか》に信じられなかった。

忠左衛門との長い付き合いの間、賄賂を貰っている気配は一度も感じた事がない。

「うむ。あの質実剛健《しつじつごうけん》で古武士の風格の大久保どのが賄賂を貰って事件を握り潰したなどと、私とて信じられる話ではない……」

「はい……」

半兵衛は頷いた。

大久保忠左衛門は、頑固一徹《がんこいってつ》で曲がった事が大嫌いの情に脆《もろ》い人柄だ。

「だが、秘かに訴える者がいた。それ故、大久保どのを良く知っているおぬしに秘かに調べて貰いたい」

堀田は、半兵衛を見据えた。

「私が大久保さまを調べる……」

半兵衛は眉《まゆ》をひそめた。

「左様。他の者に探らせても良いのだが、普段から付き合いのあるおぬしがいろいろ探っても一番怪しまれぬ筈《はず》。どうだ、秘かに探ってみてはくれぬか……」

「はあ……」

「白縫、此《これ》が濡《ぬ》れ衣《ぎぬ》ならばそれで良し。もし、事実だとしたら……」

堀田は眉をひそめた。

「もし、事実だとしたら……」

半兵衛は、堀田の出方を窺《うかが》った。

「出来るだけ穏便《おんびん》に始末しなければならぬ……」

堀田は、辛《つら》そうに顔を僅《わず》かに歪《ゆが》めた。

「分かりました。やってみましょう」

半兵衛は引き受けた。

「うむ。頼むぞ、白縫……」

堀田は、安堵《あんど》の笑みを浮かべた。

「はい……」

半兵衛は頷いた。


半兵衛は、例繰方の部屋を出て大久保忠左衛門の用部屋に向かった。

そして、廊下の角から忠左衛門の用部屋を窺った。

用部屋は障子が開いており、忠左衛門の姿はなかった。

半兵衛は、通り掛かった当番同心を呼び止めた。

「大久保さまは……」

「未だ御出仕されておりません」

当番同心は告げた。

「そうか……」

未だ出仕していない……。

いつも早く出仕する忠左衛門にしては珍しい事だ。

半兵衛は眉をひそめた。


半兵衛は、表門脇の腰掛に待たせていた半次と音次郎の許《もと》に向かった。

「旦那……」

半次と音次郎は、半兵衛を迎えた。

「おう。待たせたね」

「大久保さまに呼ばれましたか……」

半次は、遅かった半兵衛の動きを読んで苦笑した。

「いや。そうじゃあないんだな……」

半兵衛は眉をひそめた。

「えっ……」

半次は、微《かす》かな戸惑いを過《よ》ぎらせた。

「やあ。半兵衛……」

大久保忠左衛門が、相撲《すもう》取《と》り上がりの下男の茂平《もへい》を従えて出仕して来た。

「此は、大久保さま……」

半兵衛は、朝の挨拶をした。

半次と音次郎が倣《なら》った。

「うむ。此から見廻りか。半次、音次郎、御苦労だな」

忠左衛門は、筋張《すじば》った細い首を伸ばして機嫌良く半次と音次郎を労《ねぎら》い、大柄な茂平を従えて奉行所に入って行った。

いつもと変わりはない……。

半兵衛は見送った。

「旦那……」

半次は、半兵衛の様子に微かな戸惑いを浮かべていた。

「うん。行くよ……」

半兵衛は、北町奉行所を出た。

半次と音次郎は続いた。

北町奉行所を出て外濠《そとぼり》に架《か》かっている呉服橋《ごふくばし》御門を渡り、北に進むと日本橋川《にほんばしがわ》がある。

日本橋川には一石橋《いちこくばし》が架かっており、袂《たもと》に馴染《なじみ》の蕎麦屋《そばや》があった。

半兵衛、半次、音次郎は、蕎麦屋の亭主に頼んで開店前の店に入れて貰い、座敷に落ち着いた。

「実はね。例繰方与力の堀田兵庫さまに呼ばれてね……」

半兵衛は話し始めた。

「例繰方与力の堀田兵庫さま……」

半次は眉をひそめた。

「うん。それでな……」

半兵衛は、堀田兵庫との遣《や》り取《と》りを話した。

「大久保忠左衛門さまが賄賂を貰って事件を握り潰した……」

半次は眉をひそめた。

「旦那……」

音次郎は驚いた。

「うん。堀田さまの許に秘かに訴えが出されたそうだ」

半兵衛は告げた。

「それで、どうするんですか……」

半次は、半兵衛の出方を窺った。

「うん。他ならぬ大久保忠左衛門さまの事だ。私がやるのが一番良いだろう」

半兵衛は、厳しい面持《おもも》ちで告げた。

「じゃあ、あっしたちが大久保さまを調べるんですか……」

音次郎は、微かに狼狽《うろた》えた。

「決まっているじゃあねえか……」

半次は、緊張を滲《にじ》ませた。

「気が付かれると、怒られるんでしょうね」

音次郎は怯《おび》えた。

「きっとな。だが、他の者に調べさせる訳にはいかない……」

半兵衛は苦笑した。

先《ま》ずは、大久保忠左衛門の身辺に変わった事がなかったかだ……。

半兵衛は、半次や音次郎と八丁堀《はっちょうぼり》の大久保屋敷に向かった。

昼間の八丁堀には、行商人の売り声が長閑《のどか》に響いていた。

大久保忠左衛門の屋敷は、八丁堀北島町《きたじまちょう》の北の外れ、薬師堂《やくしどう》、山王権現《さんのうごんげん》の御《お》旅所《たびしょ》の傍にあった。

半兵衛は、半次や音次郎と大久保屋敷を眺《なが》めた。

大久保屋敷は、表門の前が綺麗《きれい》に掃除され、静けさに包まれていた。

大久保忠左衛門は妻の静乃《しずの》と娘の結衣《ゆい》の三人家族であり、下男の茂平と女房が奉公していた。

「変わった様子はないね」

半兵衛は、大久保屋敷を眺めた。

「はい。茂平さんの掃除、行き届いていますね」

半次は感心した。

「大久保さま、口煩《くちうるさ》いからね」

半兵衛は苦笑した。

「それにしても旦那、親分。此の界隈《かいわい》で聞き込みを掛けるってのは……」

音次郎は、困惑したように周囲の組屋敷を見廻した。

周囲の組屋敷には、南北両町奉行所の与力と同心が住んでおり、下手《へた》に動けば思わぬ面倒が起こるかもしれないのだ。

「うん。そうだな、下手に動いてあらぬ噂《うわさ》が立っては面倒だな」

半兵衛は頷いた。

「ええ。ま、信用出来る者を捜して聞き込むしかないでしょうね」

半次は苦笑した。

「うん。ならば、半次。面倒だろうが、その辺りの聞き込みを頼む。私はちょいと堀田兵庫さまが気になってね」

半兵衛は告げた。

「旦那……」

半次は、戸惑いを浮かべた。

「半次、音次郎、私はどうも堀田さまの云う事がすっきり腑《ふ》に落ちなくてね」

半兵衛は眉をひそめた。

「旦那、じゃあ……」

半次と音次郎は緊張した。

「ま。そいつは私が大久保さまと長い付き合いだからかもしれないがね……」

　半兵衛は苦笑した。


　半兵衛は、聞き込みを半次に任せ、音次郎に忠左衛門の見張りをするように命じた。そして、己は堀田兵庫を調べる事にした。

　北町奉行所例繰方与力の堀田兵庫は、八丁堀岡崎町《おかざきちょう》に屋敷があった。

　半兵衛は、北島町にある己の組屋敷の前を通って岡崎町に向かった。

　昼間の八丁堀には、物売りの声や赤ん坊の泣き声が響いていた。

「此処《ここ》だな……」

　半兵衛は、岡崎町の外れにある堀田屋敷を眺めた。

　堀田家は、祖父の代から町奉行所与力を務めている。

　兵庫は若い頃から文武に優れていると云われ、行く末を嘱望《しょくぼう》された男だった。

　そして、隠居した父親の重蔵《じゅうぞう》の跡を継いで北町奉行所の例繰方与力になり、早苗《さなえ》を妻に娶《めと》って嫡男京丸《ちゃくなんきょうまる》が生まれ、五年の歳月が過ぎていた。

　僅かな刻《とき》が過ぎた。

　堀田屋敷の表門脇の潜《くぐ》り戸《ど》が開き、武家の妻女が下女を従えて出て来た。

半兵衛は、素早く組屋敷の路地に入り、武家の妻女を見詰めた。

兵庫の妻の早苗だ……。

半兵衛は見定めた。

早苗は、厳しい面持ちで辺りを見廻し、足早に八丁堀に向かった。

何だ……。

半兵衛は、何故か微かな違和感を覚えた。

尾行《つけ》てみる……。

半兵衛は、巻羽織《まきばおり》を脱いで早苗を追った。


八丁堀は、楓川《もみじがわ》から江戸《えど》湊迄《みなとまで》の八丁を流れていた小川を広げた掘割《ほりわり》であり、荷船が行き交っていた。

堀田早苗は、八丁堀沿いの道に出て楓川に架かっている弾正橋《だんじようばし》に向かった。

何処《どこ》に行くのか……。

半兵衛は尾行た。

半次は、北島町の組屋敷の奉公人で信用出来る者を捜し、世間話を装《よそお》って聞き込みを掛けた。

「此の界隈にも見掛けない顔が増えたね」

半次は、昔からの知り合いの南町奉行所吟味方与力の屋敷の老下男に話し掛けた。

「ああ。若いのが増えたよ……」

老下男の善助《ぜんすけ》は、門前の掃除の手を止めて辺りを見廻した。

「ま、御屋敷の旦那も代替《だいがわ》りしているし、奉公人も変わりますかい……」

半次は苦笑した。

「ああ。うちも旦那さまが隠居《いんきょ》して、若さまが家督《かとく》を継いだからねえ……」

「此の界隈で変わらないのは、北町の大久保忠左衛門さまの御屋敷ぐらいですか……」

半次は、それとなく大久保忠左衛門に話を持っていった。

「そうだねえ。大久保さまの処は、お嬢さまのお結衣さまが未だ未だ婿《むこ》を取る様子がないからねえ」

善助は苦笑した。

「そうなんですか……」

「ま、長い間、子供が出来なくて漸《よう》く出来たお結衣さまを可愛がっているからねえ。大久保さまにしてみれば、お結衣さまを跡継《あとつ》ぎにしたいぐらいだろうね」

「じゃあ、お結衣さま、随分と利発《りはつ》な方なんですね」

「そりゃあもう、気さくな賢い方でねえ。男だったらそりゃあ楽しみな方だよ」

善助は、お結衣を誉《ほ》めた。

「じゃあ、大久保さまの御屋敷での心配事は跡継ぎぐらいですか……」

「ああ。御夫婦仲も親子の仲も良く、下男の茂平夫婦も大事にしているしねえ」

善助は、遠くに見える大久保屋敷を眩《まぶ》しげに眺めた。

大久保家には、揉《も》め事《ごと》も不審な処もないようだ。

半次は見定めた。


北町奉行所には様々な人が出入りしていた。

音次郎は、大久保忠左衛門が用部屋で仕事をしているのを見定め、北町奉行所を出た。そして、表門前の物陰で忠左衛門が出入りするのを見張り始めた。

知り合いの多い北町奉行所の表門前での見張りは難しく、気苦労の多い仕事だ。

音次郎は、辛抱《しんぼう》強く見張った。

楓川に架かった弾正橋を渡った堀田早苗は、下女を従えて竹河岸《たけがし》から京橋《きょうばし》に出た。

半兵衛は尾行た。

早苗は、京橋を渡って新両替町《しんりょうがえちょう》に進んだ。

何処に行くのか……。

半兵衛は、慎重に追った。

早苗は、新両替町四丁目の辻を東に曲がり、三十間堀《さんじっけんぼり》に架かる新シ橋《あたらばし》を渡って木挽町《こびきちょう》に進んだ。そして、木挽町を抜けると大名旗本の屋敷があり、西本願寺《にしほんがんじ》がある。

早苗は、連《つら》なる旗本屋敷の一軒に入った。

半兵衛は見定め、旗本屋敷に駆け寄った。

旗本屋敷は、千石取りの構えの屋敷だった。

誰の屋敷なのか……。

半兵衛は、旗本屋敷の主《あるじ》が誰か突き止める事にした。

北町奉行所に人は出入りした。

音次郎は、欠伸《あくび》をしながら見張った。

羽織袴《はかま》の痩《や》せた老武士が、北町奉行所から出て来た。

大久保さま……。

音次郎は、欠伸を噛《か》み殺《ころ》して緊張を漲《みなぎ》らせた。

大久保忠左衛門は、北町奉行所を出て外濠に架かっている呉服橋御門を渡らず、道三堀《どうさんぼり》に向かった。

音次郎は追った。

忠左衛門は、道三堀に架かっている銭瓶橋《ぜにかめばし》を渡った。そして、外濠に架かっている常盤橋《ときわばし》御門を渡った。

音次郎は続いた。

常盤橋御門を渡った大久保忠左衛門は、外濠沿いの道を北に進んだ。

北に進めば、神田堀《かんだぼり》に架かっている竜閑橋《りゅうかんばし》があり、尚《なお》も進めば神田八《や》ツ小路《こうじ》になる。

音次郎は尾行た。

忠左衛門は、僅かに前屈《まえかが》みになって足早に進んで行く。

せっかちな足取りだ……。

音次郎は苦笑した。

それにしても、昼の北町奉行所を出て何処に行くのだ……。

音次郎は、忠左衛門を慎重に尾行た。

二

神田八ツ小路は多くの人が行き交っていた。

大久保忠左衛門は、性急な足取りで人込みを進み、神田川に架かっている筋違《すじかい》御門に向かっていた。

音次郎は尾行た。

神田川の流れは煌《きら》めいていた。

忠左衛門は、筋違御門を渡って御成街道《おなりかいどう》に進んだ。

御成街道は、筋違御門から下谷広小路《したやひろこうじ》に続いている。

下谷広小路に行くのか……。

音次郎は読み、慎重に尾行た。

下谷広小路は、東叡山寛永寺《とうえいざんかんえいじ》や不忍池弁財天《しのばずのいけべんざいてん》の参拝客《さんぱいきゃく》や遊興客で賑《にぎ》わっていた。

忠左衛門は、下谷広小路の雑踏を抜けて仁王門前町《におうもんぜんちょう》に進んだ。そして、仁王門前町にある料理屋『江戸膳《えどぜん》』の暖簾《のれん》を潜った。

見届けた……。

音次郎は、安堵の吐息を洩らした。

だが、忠左衛門が料理屋『江戸膳』に何しに来たのかだ。

料理屋『江戸膳』に昼飯を食べに来たのか、誰かと待ち合わせをして逢う為か、それとも主人を始めとした店の者に用があって来たのか……。

音次郎は、忠左衛門が料理屋『江戸膳』に何しに来たのか突き止める事にした。

旗本屋敷は、千石取りの目付《めつけ》加納帯刀《かのうたてわき》の屋敷であり、堀田兵庫の妻早苗の実家だった。

半兵衛は、周囲の者にそれとなく聞き込みを掛けて知った。

妻の実家の家格が高いのは、何かと面倒な事がある……。

半兵衛は、兵庫と妻の早苗のありようを読んだ。


早苗は、実家の加納屋敷に一刻（二時間）程いて八丁堀岡崎町の堀田屋敷に帰った。

堀田早苗に変わった様子はなかった。

半兵衛は見届けた。

「旦那……」

半次がやって来た。

「おう。どうだい。何か分かったか……」

「そいつが、信用出来る昔からの知り合いにそれとなく訊き廻ったのですが、あっしたちが知っている事ばかりで、此と云って……」

半次は、溜息《ためいき》混じりに首を捻《ひね》った。

「だろうな。大体、大久保さまはあの人柄で嘘《うそ》の吐《つ》けない気質だ。何かあれば、直ぐに顔や態度に出る筈だ」

半兵衛は苦笑した。

「ええ。金を貰って事件を握り潰すなんて器用な真似なんか出来ないお人ですからね」

半次は頷いた。

「うん……」

「で、旦那、堀田さまの方は……」

半次は、堀田屋敷を窺った。

「今の処、変わった様子はないよ」

「そうですか……」

半次は、微かな落胆《らくたん》を見せた。

「半次、お前の睨みは……」

「あっしの睨みは、堀田さまが大久保さまに都合の悪い事を知られ、何とか足を引っ張って蹴落《けお》とそうとしている……」

半次は、自分の睨みを告げた。

「そいつを、大久保さまと親しい私に調べさせるのは、どうしてかな……」

半兵衛は笑い掛けた。

「親しい半兵衛の旦那が調べれば、尤《もっと》もらしく、みんなが納得する。違いますかね……」

半次は読んだ。

「成《な》る程《ほど》。それにしても、大久保さまに何らかの失態か、罪になる事がなければ、どうしようもあるまい……」

半兵衛は苦笑した。

「濡れ衣を着せるか、捏《でっ》ち上《あ》げるか……」

半次は眉をひそめた。

「うむ。もし、そうだとしたなら、堀田さまが何故かだな」

「はい……」

半次は頷いた。

「よし。半次、堀田兵庫さまを調べてみてくれ」

半兵衛は命じた。

仁王門前町の料理屋『江戸膳』に、客が途切れる事はなかった。

音次郎は裏の台所に廻り、物陰で怠《なま》けて煙草《たばこ》を吸っている大年増《おおどしま》の女中を見付け、小粒《こつぶ》を握らせた。

「痩せた年寄りのお侍さまですか……」

大年増の女中は、小粒を握り締めた。

「ええ。筋張った細い首の……」

「ああ。菊の間のお客さまですか……」

忠左衛門は、どうやら菊の間にいるようだ。

「そのお客、誰と一緒ですか……」

「あのお侍さまなら、お店《たな》のお内儀《ないぎ》さんと御一緒ですよ」

「お店のお内儀……」

「ええ。ちょいと粋《いき》な年増のお内儀さん」

大年増の女中は、秘密めかして小声で告げた。

「粋な年増か……」

「ええ。仲良くお昼を食べて、どんな拘《かか》わりなのか……」

大年増の女中は笑った。

「へえ、そんな感じなのかい……」

音次郎は眉をひそめた。

「ええ……」

「名前は……」

「さあ、私は係りじゃあないから……」

大年増の女中は首を捻った。

「そうか……」

忠左衛門は、粋な年増のお店のお内儀さんと逢っていた。

何処の誰だ……。

音次郎は、忠左衛門が逢っているお店のお内儀が何処の誰か気になった。


半刻（一時間）が過ぎた。

音次郎は、料理屋『江戸膳』を見張り続けていた。

忠左衛門が料理屋『江戸膳』から現れ、女将《おかみ》や仲居に見送られて帰って行った。

きっと北町奉行所に戻る……。

音次郎は読み、料理屋『江戸膳』を見張った。

大年増の女中が裏手から現れ、斜向《はすむ》かいにいる音次郎に目配《めくば》せをして消えた。

忠左衛門が逢っていたお店のお内儀が出て来る……。

音次郎は緊張した。

お店のお内儀が、女将や仲居に見送られて出て来た。

此のお内儀だ……。

音次郎は、下谷広小路に向かうお店のお内儀を追った。


お店のお内儀は、下谷広小路から御成街道に進み、神田川に架かっている筋違御門を渡って神田八ツ小路に向かった。

音次郎は尾行た。

お店のお内儀は、神田八ツ小路から神田須田町《すだちよう》に進んだ。そして、須田町の外れに店を構えている筆屋に入った。

「お帰りなさい……」

店先の掃除をしていた小僧が、お内儀を迎えた。

音次郎は見届け、筆屋を窺った。

筆屋は『秀筆堂《しゆうひつどう》』と書かれた看板を掲げ、筆や硯《すずり》、墨《すみ》などを売っていた。

筆屋『秀筆堂』のお内儀……。

音次郎は、須田町の木戸番に走った。

「ああ。おつたさんですよ……」

木戸番は、筆屋『秀筆堂』のお内儀の名前を知っていた。

「おつたさん……」

音次郎は、忠左衛門が料理屋『江戸膳』で逢っていたお店のお内儀の名前を知った。

「ええ。おつたさんは秀筆堂の旦那の後添《のちぞ》えでしてね」

「後添え……」

「その旦那の藤三郎《とうざぶろう》さん、去年、卒中《そっちゅう》で倒れてね……」

「旦那が卒中ですか……」

「ええ。それからお内儀さん、一人で店を切り盛りして、いろいろ大変なようだよ」

木戸番は、おつたに同情した。

「そうですか……」

音次郎は、おつたと云うお内儀について僅かに知った。

囲炉裏《いろり》の火には、鶏肉や野菜を入れた鍋が掛けられた。

「鳥鍋が出来る迄に分かった事を聞かせて貰おうか……」

半兵衛は、湯呑茶碗の酒を飲みながら音次郎を見た。

「はい。大久保さまは仁王門前町の料理屋江戸膳に行き、神田須田町の秀筆堂って筆屋のお内儀のおつたさんと逢っていました」

音次郎は、緊張した面持ちで告げた。

「ほう。秀筆堂の内儀のおつた……」

半兵衛は訊き返した。

「はい……」

音次郎は頷いた。

「神田須田町の筆屋の秀筆堂か……」

半次は、秀筆堂を知っていた。

「知っていますか……」

「看板だけをな。で、どんな店だ」

半次は訊いた。

「はい。旦那の藤三郎さんは、去年卒中で倒れていまして……」

「旦那が卒中……」

半次は眉をひそめた。

「はい……」

「ならば、寝たきりなのかな」

半兵衛は読んだ。

「はい。それで、お内儀のおつたさんが切り盛りしているそうです」

音次郎は告げた。

「そいつは大変だな」

「ええ。それに、お内儀のおつたさん、後添えだそうでしてね……」

「後添え……」

半兵衛は眉をひそめた。

「はい。で、帰りに北町奉行所に寄り、大久保さまが迎えに来た茂平さんと御屋敷に帰るのを見届けて来ました」

「そうか、御苦労だったね」

「いえ……」

「音次郎、藤三郎の旦那に子供はいないのかな……」

半次は尋ねた。

「あっ、その辺りは未だ……」

音次郎は、肝心な事を訊いて来なかった失敗に気が付いた。

「ま、詳しい事は此からだ……」

半兵衛は執《と》り成《な》した。

「はい。済みません」

音次郎は肩を落とした。

「さあ、鳥鍋が出来たぞ」

半兵衛は、鳥鍋の蓋《ふた》を取った。

湯気が立ち昇った。

「じゃあ……」

音次郎は、小丼に鳥鍋を取って半兵衛と半次に差し出した。そして、自分の小丼に山のように盛って食べ始めた。

「美味《うま》いですねえ……」

音次郎は、嬉《うれ》しげに鶏肉を食べた。

立ち直りは早い……。

半兵衛は苦笑した。

「それから旦那。堀田兵庫さまですが、北町奉行所から真っ直ぐ御屋敷に帰りまして、今の処、変わった様子はありません」

半次は、酒を飲んだ。

「そうか……」

半兵衛は頷いた。

「で、堀田家ですが、隠居された御父上の重蔵さまですが、今は御屋敷を出て根《ね》岸《ぎし》の隠居所で暮らしているそうですよ」

半次は告げた。

「ほう。屋敷を出て根岸で隠居暮らしか……」

半兵衛は知った。

「ええ……」

半次は頷いた。

「よし。半次、音次郎と一緒に筆屋のお内儀のおつたと大久保さまの拘わりを調べてみてくれ……」

半兵衛は命じた。

「承知しました……」

半次は頷いた。

半兵衛は酒を飲んだ。

それにしても分からないのは、堀田兵庫が何故、私に大久保忠左衛門を調べさせるのかだ……。

半兵衛は気になった。


北町奉行所同心詰所は、市中見廻りに行く定町廻《じょうまちまわ》りや臨時廻りの同心たちが仕度に忙しかった。

「おはよう……」

半兵衛は、同心詰所に入って来た。

「あっ。白縫さま……」

当番同心が半兵衛を呼んだ。

「何だい……」

「大久保さまが出仕したら直ぐに用部屋に参れとの事です」

当番同心は告げた。

「そうか……」

半兵衛は苦笑した。


大久保忠左衛門は、背を丸くして書類を読んでいた。

いつもと変わりはない……。

半兵衛は見定め、声を掛けた。

「大久保さま……」

「おお、半兵衛か、入るが良い」

忠左衛門は、書類を文机《ふづくえ》に置いて半兵衛を振り返った。

「はい……」

半兵衛は、忠左衛門と対座した。

「して、大久保さま。御用とは……」

「うむ、それなのだが半兵衛。近頃、何か妙《みよう》なのだ……」

忠左衛門は、筋張った細い首を伸ばした。

「妙……」

半兵衛は眉をひそめた。

「うむ。誰かに見られているような気がするのだ」

忠左衛門は声を潜めた。

「誰かに見られている……」

半兵衛は訊き返した。

「うむ。そのような気がしてな……」

忠左衛門は、白髪眉《しらがまゆ》をひそめた。

「という事は、何者かに尾行《つけ》られているかもしれないと……」

昨日の音次郎の尾行の気配は、何となく気が付かれていたのかもしれない。

「いや。そこ迄は申さぬが……」

忠左衛門は、困惑を浮かべた。

尾行された確信はない……。

半兵衛は知った。

「大久保さま、近頃、何方かと揉めている事などはございませんか……」

半兵衛は尋ねた。

「揉めている事……」

「はい……」

半兵衛は、忠左衛門を見詰めた。

「ない。誰かと揉めている事などないぞ、半兵衛、うん……」

忠左衛門は頷いた。

「ならば、誰かをつい怒鳴り付け、恨《うら》まれているとかは……」

半兵衛は、忠左衛門がついやりそうな事を訊いた。

「ない……」

忠左衛門は、即座に否定した。

「まことに……」

半兵衛は、忠左衛門を見据えた。

「ないと、思う……」

忠左衛門の否定は揺らいだ。

「そうですか……」

忠左衛門は、何処かで堀田兵庫を怒鳴り付けた。自尊心の強い堀田は、平静を装ったが忠左衛門を恨んだのかもしれない。

半兵衛は読んだ。

「うむ……」

忠左衛門は頷いた。

「ならば大久保さま。今、親しくされている同僚、与力の方は何方ですか……」

半兵衛は尋ねた。

「親しい与力……」

「ええ……」

「さあて、今の与力の殆《ほとん》どの者は、儂《わし》より年若でな……」

忠左衛門は、淋しげに笑った。

「そうですか……」

「うむ。例繰方の堀田が隠居した今、親しくしている与力はおらぬな」

「例繰方の堀田さまですか……」

「うん。堀田重蔵だ。今は隠居し、倅《せがれ》の兵庫が跡を継いでいるがな」

忠左衛門は、堀田兵庫の父親の重蔵と親しい間柄だったのだ。

半兵衛は知った。

その辺りに何かあるのかもしれない……。

「そうですか……」

「ならば大久保さま。大久保さまの身辺に不審な者が彷徨《うろつ》いていないか、ちょいと調べてみますか……」

「うむ……」

「うむ。そうしてくれるか……」

忠左衛門は、微かな安堵を過《よ》ぎらせた。

「心得ました」

半兵衛は微笑《ほほえ》んだ。

柳橋《やなぎばし》は神田川が大川《おおかわ》に流れ込む処に架かっており、北の袂には船宿『笹舟《ささぶね》』が暖簾を微風《そよかぜ》に揺らしていた。

「此は半兵衛の旦那。御無沙汰《ごぶさた》を致しました」

岡っ引の柳橋の弥平次《やへいじ》は、訪れた半兵衛に挨拶をした。

「やあ。御無沙汰はお互いさまだ。処で柳橋の親分。ちょいと頼みがあってね」

半兵衛は笑い掛けた。

「他ならぬ知らん顔の旦那の頼み、あっしの出来る事なら何なりと……」

弥平次は笑った。

「うん。ちょいと北町奉行所の役人を見張って欲しいのだが、口の固い者を貸しては貰えぬかな」

「ほう、北町奉行所のお役人を……」

弥平次は、厳しさを過ぎらせた。

「うん。秘かに尾行して、誰かがその役人を見張っていないか見極めて欲しいんだ」

「そのお役人を見張っている者を見定めるんですか……」

「ああ……」

「何方ですか、そのお役人は……」

弥平次は、半兵衛を見詰めた。

「そいつが、親分。吟味方与力の大久保忠左衛門さまだ」

半兵衛は告げた。

「大久保さま……」

弥平次は、大久保忠左衛門と半兵衛の拘わりを知っており、戸惑いを浮かべた。

「ああ。どうかな……」

半兵衛は苦笑した。

三

神田須田町の筆屋『秀筆堂』は、それなりに繁盛《はんじよう》しているようだった。

半次は、筆屋『秀筆堂』の店と母屋《おもや》を囲む板塀の外を廻った。

母屋を囲む板塀の傍を通った時、半次は微かに薬湯《やくとう》の匂いが漂《ただよ》っているのに気が付いた。

卒中で寝たきりの旦那の藤三郎の薬湯……。

半次は読み、筆屋『秀筆堂』の表に向かった。

路地の出入口には音次郎がおり、行き交う人越しに斜向かいの筆屋『秀筆堂』を見張っていた。

「音次郎……」

「親分……」

「どうだった……」

「はい。秀筆堂の旦那の藤三郎さんには、亡くなった前のお内儀さんとの間に娘さんがおりましたよ」

音次郎は、新たに聞き込んで来た事を半次に報《しら》せた。

「そうか。で、娘さん、今は……」

「五年前に元浜町《もとはまちょう》の扇屋《おうぎや》に嫁《とつ》いでいましてね。もう子供が二人います」

「で、娘さん、実家の事をどう云っているんだい……」

半次は訊いた。

「どう云っているかは知りませんが、余り実家には来ちゃあいないようですね」

音次郎は告げた。

「そうか……」

後添えのおつたは、先妻の娘と仲が良くないのかもしれない。

「それから秀筆堂、旦那の藤三郎さんが卒中で倒れてから借金がかなり増えたそうですよ」

音次郎は眉をひそめた。

「じゃあ、秀筆堂の台所は、火の車か……」

半次は睨んだ。

「きっと……」

音次郎は頷いた。

「そうか……」

半次は、筆屋『秀筆堂』を眺めた。

筆屋『秀筆堂』は、微風に暖簾を揺らしていた。


外濠には水鳥が遊び、波紋が幾重《いくえ》にも広がっていた。

半兵衛は、托鉢坊主《たくはつぼうず》の雲海坊《うんかいぼう》と外濠沿いの道を呉服橋御門に向かった。

岡っ引柳橋の弥平次は、半兵衛の頼みを聞いて老練《ろうれん》な雲海坊を呼んだ。

半兵衛は、大久保忠左衛門を見張り、その周辺に不審な者が彷徨いていないか見定めるように、雲海坊に頼んだ。

「へえ。大久保忠左衛門さまの周辺に不審な奴がいるかいないかですか……」

雲海坊は、面白そうに笑った。

「うん……」

半兵衛は苦笑した。

「って事は、大久保さま、誰かに恨まれているかもしれない……」

雲海坊は眉をひそめた。

「うん。それから雲海坊。実はな、大久保さまには、賄賂を貰って事件を握り潰しているって噂があるんだよ」

半兵衛は告げた。

「そんな。頑固一徹、曲がった事の嫌いな大久保さまが、そんな真似をしますかね」

雲海坊は、戸惑いを浮かべた。

「うん。私もそう思う。ま、その辺りも気にして、ちょいと大久保さまの身辺をね……」

半兵衛は、小さな笑みを浮かべた。

「心得ました……」

雲海坊は頷き、半兵衛と一緒に外濠に架かっている呉服橋御門を渡った。

「じゃあ雲海坊。大久保さまがいるかどうか見て来る。此処で待っていてくれ」

「承知……」

半兵衛は、雲海坊を呉服橋御門の横に待たせ、北町奉行所に入って行った。

「北町奉行所か……」

雲海坊は、親分の弥平次たちと南町奉行所の吟味方与力秋山久蔵《あきやまきゅうぞう》の許で探索をしており、北町奉行所には滅多《めった》に来る事はなかった。

雲海坊は、多くの人が出入りしている北町奉行所を眺めた。


僅かな刻が過ぎた。

「雲海坊……」

半兵衛がやって来た。

「知らん顔の旦那……」

「大久保さまは用部屋にいた。退出時迄いるか、それとも出掛けるか……」

半兵衛は苦笑した。

「承知しました……」

雲海坊は頷いた。

「じゃあ、私はちょいと人と逢って来る」

「はい……」

「ま、宜《よろ》しく頼んだよ」

「心得ました……」

半兵衛は、雲海坊を残して出掛けて行った。

雲海坊は見送った。

長い見張りになりそうだ……。

雲海坊は覚悟した。


神田須田町の筆屋『秀筆堂』に変わった事はなかった。

音次郎は、斜向かいの路地の出入口から見張り続けていた。

「親分……」

音次郎は、路地の奥にいる半次を呼んだ。

「どうした……」

半次は、路地奥から出て来て音次郎と並んだ。

お内儀のおつたが、番頭と手代に見送られて筆屋『秀筆堂』から出掛けて行った。

「お内儀のおつたさんです……」

音次郎は告げた。

「よし。尾行るぜ……」

「はい……」

半次と音次郎は、おつたを追った。

おつたは、風呂敷包《ふろしきづつ》みを抱えて神田八ツ小路に向かっていた。

何処に行く……。

半次と音次郎は尾行た。


根岸の里は、東叡山寛永寺のある上野《うえの》の山の北側にあり、谷中《やなか》と入谷《いりや》の両方から行く事が出来る。

半兵衛は、北町奉行所を出て神田八ツ小路から不忍池を抜けた。そして、下谷広小路から入谷に進み、奥州街道裏道《おうしゆうかいどううらみち》の坂本町《さかもとちよう》三丁目の角を西に曲がり、根岸の里に向かった。

根岸の里には、例繰方与力の堀田兵庫の父親の重蔵が隠居暮らしをしていた。

堀田重蔵は、大久保忠左衛門と北町奉行所で歳の近い同僚として親しい間柄だった。そして、家督を倅の兵庫に継がせて隠居した。

倅の堀田兵庫は、家督と共に北町奉行所例繰方与力の役目も継いだ。

堀田重蔵は、倅の兵庫と大久保忠左衛門の余人の知らない思わぬ拘わりを知っているかもしれない。

半兵衛は、根岸の里に進んだ。

石神井《しやくじい》用水のせせらぎは煌めき、水鶏《くいな》の鳴き声が長閑に響いていた。

半兵衛は、御行《おぎよう》の松《まつ》と不動尊の草堂《そうどう》のある時雨《しぐれ》の岡《おか》に立ち、石神井用水の流れ沿いの家々を眺めた。

一軒の家の庭先では、老夫婦が花の手入れをしていた。

半兵衛は、時雨の岡を下りて花の手入れをしている老夫婦のいる庭に向かった。


「つかぬ事を尋ねますが……」

半兵衛は、老夫婦に声を掛けた。

「はい、なんでございましょう」

老妻は、花の手入れの手を止めた。

「堀田重蔵さまと仰《おつしや》る方の家を御存知ありませんか……」

半兵衛は尋ねた。

「堀田重蔵さまですか……」

老妻は首を捻り、老夫を窺った。

「ええ……」

「ひょっとしたら、北町奉行所の例繰方与力だった方ですかな……」

老夫は元直参《じきさん》の武士らしく、堀田重蔵を知っていた。

「はい。御存知ですか……」

「ええ。堀田重蔵どのの家なら此の先にある縁側《えんがわ》の広い家ですよ」

老夫は、石神井用水の上流を眩しげに眺めた。

「縁側の広い家ですか……」

「ええ……」

老夫は頷いた。

「そうですか。御造作をお掛けしました……」

半兵衛は、老夫婦に礼を云って石神井用水の流れ沿いの小径《こみち》を西に進んだ。

縁側の広い家は、石神井用水に架かる小橋を渡った処にあった。

半兵衛は小橋を渡り、垣根に囲まれた縁側の広い家の戸口に廻った。

「御免、堀田さまはおいでかな……」

半兵衛は、家の中に声を掛けた。

「私に何か御用かな……」

野良着《のらぎ》姿の年寄りは、野菜を入れた笊《ざる》を持った若い女と家の裏の畑から現れた。

堀田重蔵……。

「お久し振りです。北町奉行所の白縫半兵衛です……」

半兵衛は名乗った。

「おお。知らん顔の半兵衛さんか……」

堀田重蔵は笑った。


広い縁側は陽差しに満ちていた。

「どうぞ……」

若い女は、半兵衛を広い縁側に通し、茶を差し出した。

「やあ。お構いなく……」

半兵衛は礼を述べた。

「お待たせしたな……」

重蔵が着替えて現れた。

「では、ごゆっくり……」

若い女は、重蔵にも茶を置いて台所に立ち去った。

「して、半兵衛。何の用かな……」

重蔵は、半兵衛に笑い掛けた。

「はい、他でもありません。大久保忠左衛門さまの事でお尋ねしたいと思いましてね」

「忠左衛門の事……」

重蔵は、戸惑いを浮かべた。

「ええ。近頃、大久保さまが賄賂を貰って事件を握り潰しているとの噂がありまして……」

半兵衛は、重蔵の反応を探るように告げた。

「賄賂を貰って事件を握り潰すだと……」

重蔵は眉をひそめた。

「噂です」

「そのような噂、あの忠左衛門に限ってありえぬ……」

重蔵は、怒りを滲ませた。

「ええ。私もそう思います。で、お訊きしますが、大久保さまを恨んでいると
か、邪魔に思っている者を御存知ありませんか……」

半兵衛は尋ねた。

「忠左衛門を恨んでいるか、邪魔に思っている者……」

重蔵は、微かな困惑を過ぎらせた。

「はい。私共の調べでは、どうにも浮かびませんでしてね。もし、御存知ならば
お教え願いたい……」

半兵衛は、鋭く重蔵を見据えた。

「半兵衛……」

重蔵は、微かな動揺を浮かべた。

「はい……」

「おぬし何故、それを儂に尋ねる」

重蔵は、微かに浮かんだ動揺を隠し、探るかのように半兵衛を見返した。

「それは堀田さま。堀田さまが大久保さまと昵懇《じっこん》の間柄だと聞き及んだからです

が……」

半兵衛は微笑んだ。

「そ、そうか……」

重蔵は狼狽えた。

「して、御存知ですか。大久保さまを恨んでいるか、邪魔に思っている者を……」

「知らぬ。儂は知らない……」

重蔵は、表情を隠すように茶を飲んだ。

「そうですか。いや、良く分かりました」

半兵衛は微笑んだ。

「半兵衛……」

重蔵は、微かな戸惑いを過ぎらせた。

「いや。突然、お邪魔して申し訳ありませんでした。処《ところ》で堀田さま、あの若いおなごは……」

半兵衛は、台所で仕事をしている若い女を示した。

「儂の娘だ……」

重蔵は苦笑した。

「娘……」

半兵衛は眉をひそめた。

堀田重蔵には、倅の兵庫しか子供はいない筈だった。

「うむ。昔、親しくしていた女との間に出来た娘でな。母親が病で死に、儂が隠居して引き取った……」

「そうでしたか。で、その事を知っているのは……」

「倅の兵庫と忠左衛門の二人だけだ」

「そうですか……」

堀田重蔵には隠し子がいた。そして、それを知る者は、倅の兵庫と友の大久保忠左衛門の二人だけだった。

半兵衛は知った。

石神井用水のせせらぎは煌めいた。

半兵衛は、石神井用水沿いの小径を谷中天王寺《てんのうじ》傍の芋坂《いもざか》に向かった。

堀田重蔵は、大久保忠左衛門を恨んでいるか、邪魔に思っている者を知っている。

半兵衛は睨んだ。

そして、それは倅の堀田兵庫なのかもしれない。

半兵衛は、重蔵の微かな動揺は倅の兵庫に拘わりがあると読み、そう思った。

堀田兵庫の忠左衛門告発の裏には、何らかの思惑が秘められている。

それは何か……。

半兵衛は、芋坂に差し掛かった。

それにしても、隠居して昔の女の生んだ己の娘と暮らしていたとは……。

半兵衛は苦笑し、芋坂を上がった。


筆には字を書く物と絵を描く物があり、筆屋『秀筆堂』は両方を扱っていた。

おつたは、不忍池の畔《ほとり》にある板塀に囲まれた家を訪れた。

半次は、音次郎を聞き込みに走らせた。

音次郎は、直ぐに戻って来た。

「分かったか……」

「はい。此の家は菱川春信《ひしかわはるのぶ》って絵師の家でしたよ」

「絵師の家か……」

「はい。注文された絵筆を納めにでも来たんですかね……」

音次郎は、板塀に囲まれた家を眺めた。

僅かな刻が過ぎた。

おつたが板塀に囲まれた家から現れ、湯島天神《ゆしまてんじん》裏の切通《きりどお》しに向かった。

半次と音次郎は尾行た。


雲海坊は、北町奉行所を見張った。

出入りする者の中には、顔見知りの同心や岡っ引もおり、見張りは難しかった。

雲海坊は、辛抱強く見張りを続けた。

刻が過ぎ、北町奉行所から大久保忠左衛門が出て来た。

大久保さまだ……。

雲海坊は、物陰から見守った。

忠左衛門は、筋張った細い首を伸ばして性急な足取りで進んだ。そして、呉服橋御門の前を抜けて道三堀に向かった。

道三堀に架かる銭瓶橋を渡り、隣の常盤橋御門から出るのか……。

雲海坊は読み、尾行を始めようとした。

若い男が忠左衛門に続いた。

見覚えがある……。

雲海坊は、忠左衛門に続いて銭瓶橋に進む若い男に見覚えがあった。

股引《ももひき》に尻端折《しりばしょ》り……。

若い男は、岡っ引の三河町《みかわちょう》の政吉《まさきち》の下っ引であり、喜八《きはち》と云う名だった。

雲海坊は思い出した。

下っ引の喜八は、大久保忠左衛門に続いて道三堀に架かっている銭瓶橋を渡って行った。

喜八は忠左衛門を尾行ている……。

雲海坊の勘が囁いた。

何故だ……。

雲海坊は、想いを巡らせた。

下っ引の喜八は、自分の一存で忠左衛門を尾行ている訳ではない。おそらく、親分の三河町の政吉に命じられての事だ。そして、政吉も誰かの指示を受けて喜八に命じたのかもしれない。

雲海坊は読んだ。

忠左衛門は、外濠に架かっている常盤橋御門を渡り、外濠沿いの道を神田八ツ小路に向かった。

喜八は尾行た。

雲海坊は続いた。

北《きた》ノ天神真光寺《てんじんしんこうじ》は本郷《ほんごう》通りにあった。

おつたは、北ノ天神の社務所《しやむしよ》を訪れ、多くの筆や墨を納めた。

半次と音次郎は見届けた。

「やっぱり、注文された筆や墨を納めに来たんですかね」

音次郎は睨んだ。

「うん。得意先に自分で届け、新しい注文を取っているんだろう」

半次は読み、おつたが懸命に商売をしているのを知った。

おつたは来た道を戻り、下谷広小路に来た。

半次と音次郎は尾行た。

おつたは、下谷広小路を抜けて仁王門前町にある料理屋『江戸膳』の暖簾を潜った。

「江戸膳か……」

半次は見届けた。

「ええ。今日も大久保さまと逢ったりして……」

音次郎は苦笑した。

「音次郎……」

半次は、音次郎を物陰に連れ込んだ。

「お、親分……」

「その大久保さまだ……」

半次は、下谷広小路をやって来る大久保忠左衛門を示した。

「えっ……」

音次郎は、忠左衛門に気が付いた。

忠左衛門は、性急な足取りで料理屋『江戸膳』に入って行った。

尾行て来た喜八は、料理屋『江戸膳』の戸口に進んで見送った。

「あいつ、確か三河町の政吉の処の……」

半次は眉をひそめた。

「下っ引の喜八です」

音次郎は、戸惑いを浮かべた。

「そいつが、どうして大久保さまを尾行るのかですね……」

雲海坊が現れた。

四

半次と音次郎は、雲海坊が半兵衛に頼まれて忠左衛門を見張っていたのを知った。

「で、大久保さまを尾行《つけ》ようとしたら喜八が現れて追ったのか……」

半次は眉をひそめた。

「ええ。三河町の政吉親分ってのは、どう云う人なんですかね」

雲海坊は、料理屋『江戸膳』を見張り始めた喜八を見ながら苦笑した。

「雲海坊、喜八を締め上げる。手伝ってくれ」

半次は笑った。

喜八は路地に潜み、行き交う人越しに斜向かいにある料理屋『江戸膳』を見張った。

雲海坊が、路地に潜む喜八の前に立ち、行き交う人に経《きよう》を読んで托鉢を始めた。

「おい。邪魔だ……」

喜八は戸惑った。

雲海坊は、喜八に構わず経を読み続けた。

「坊主、邪魔だ。退《ど》け……」

喜八は焦《あせ》り、苛立《いらだ》った。

刹那《せつな》、半次と音次郎が背後に現れ、喜八を押さえた。

「何しやがる……」

喜八は驚いた。

「静かにしな、喜八……」

半次は囁いた。

「ほ、本湊《ほんみなと》の親分……」

喜八は緊張した。

「喜八、吟味方与力の大久保さまを尾行るとは、良い度胸じゃあねえか……」

半次は笑い掛けた。

「えっ……」

「誰に命じられての真似だ……」

半次は、喜八を鋭く見据えた。

「そ、それは……」

「喜八、正直に云わねえと、此の経が弔《とむら》いの経になっちまうぜ。それでも良いのか……」

音次郎は脅《おど》した。

雲海坊の読む経は、朗々《ろうろう》と続いた。

「ほ、堀田さまです。うちの親分が例繰方与力の堀田兵庫さまに命じられて……」

喜八は、声を震わせた。

「やっぱりな。で、堀田さまは大久保さまの何を見届けろと命じたんだ」

「女です。大久保さまが秀筆堂と云う筆屋のお内儀と逢引《あいび》きしているのを見定めろと……」

「秀筆堂のお内儀と逢引き……」

半次は眉をひそめた。

「はい……」

喜八は頷いた。

「よし。良いか喜八、俺たちの事は忘れるんだ。下手に喋《しゃべ》れば弔いをあげる事になる」

半次は脅した。

「えっ……」

喜八は、恐怖を滲ませた。

「三河町には下谷広小路で大久保さまを見失ったと云うんだな」

半次は、喜八を路地の奥に突き飛ばした。

喜八は、転げながら路地の奥に逃げ去った。

「音次郎、喜八の動きを見定めな」

「合点《がってん》です」

音次郎は、喜八を追った。

「大久保さまが、秀筆堂って筆屋のお内儀と逢引きですか……」

雲海坊は苦笑した。

「ああ……」

「さあて。大久保さま、誰かと逢っているんですかね」

雲海坊は、料理屋『江戸膳』を眺めた。

「雲海坊。だから、大久保さまは秀筆堂のお内儀と逢っているんだよ」

半次は苦笑した。

「えっ。本当なんですか……」

雲海坊は驚いた。

「ああ。俺たちはその秀筆堂のお内儀を尾行て来ていたんだぜ」

半次は笑った。


半兵衛は、北町奉行所に戻った。

「あっ、半兵衛さん、例繰方与力の堀田さまがお呼びですよ」

当番同心が告げた。

「おっ。そうか……」

半兵衛は、例繰方与力の堀田兵庫の用部屋に向かった。

「して、白縫。大久保どのが賄賂を貰って事件を握り潰していると云う噂、如何《いかが》だった」

例繰方与力の堀田兵庫は、半兵衛に鋭い眼を向けた。

「はい。それらしい事はありますが、今の処、はっきりとした証《あかし》は未だ……」

半兵衛は、言葉を濁《にご》した。

「それらしい事とは……」

「神田須田町にある筆屋の主の病と、そのお内儀との拘わり……」

半兵衛は、何気なく餌《えさ》を撒《ま》いた。

「やはり、その件か……」

堀田は眉をひそめた。

餌に食らい付いた……。

半兵衛は、腹の内で笑った。

「堀田さまは、御存知ですか……」

「うむ。神田須田町の筆屋秀筆堂の主に毒を盛ったお内儀おつたに金を貰い、事件を握り潰したとな……」

堀田は、冷ややかに告げた。

「ほう。堀田さまは、そこ迄、御存知なのですか……」

半兵衛は笑った。

「う、うむ。して、白縫。そうした事に確かな証はないのだな」

「はい。せめて、大久保さまが貰ったとされる賄賂でも出ると良いんですが……」

半兵衛は、堀田を見詰めて小さな笑みを浮かべた。


陽は西に傾いた。

大久保忠左衛門は、料理屋『江戸膳』を出て北町奉行所に戻った。

雲海坊は見届けた。

筆屋『秀筆堂』の内儀のおつたは、忠左衛門に遅れて料理屋『江戸膳』を後にした。そして、真っ直ぐ筆屋『秀筆堂』に帰った。

半次と三河町から戻った音次郎は見届けた。

「よし。音次郎、暫《しばら》く見張ってくれ」

　半次は命じた。

「合点です」

　音次郎は頷いた。

　半次は、北町奉行所に急いだ。


　北町奉行所同心詰所は、武者窓《むしゃまど》から差し込む夕陽に照らされていた。

　半次は、半兵衛におつたを尾行た結果を報せた。

「そうか。得意先を廻り、江戸膳で大久保さまと逢ったか……」

「はい。で、その大久保さまですが、三河町の政吉の処の下っ引の喜八に尾行られていました」

　半次は告げた。

「下っ引の喜八……」

　半兵衛は眉をひそめた。

「ええ。で、雲海坊と喜八を締め上げたんですが、例繰方与力の堀田さまが三河町の政吉に命じての事でした」

「堀田さまが……」

「ええ。どうやら三河町の政吉、堀田さまの手足になっているようですぜ」

「そうか。三河町の政吉か……」

「はい。で、旦那の方は……」

「うん。堀田さまと大久保さまの事がいろいろ分かってね。此から確かめてみる」

半兵衛は笑った。


燭台《しよくだい》の火は揺れた。

半兵衛は、忠左衛門の用部屋を訪れた。

「おう、どうした半兵衛、珍しいな」

忠左衛門は、筋張った細い首を伸ばした。

「大久保さま。他でもありません。神田須田町の秀筆堂の内儀のおつたとの拘わり、教えて頂きたい……」

半兵衛は、忠左衛門を見詰めた。

「何……」

忠左衛門は、筋張った細い首を伸ばして狼狽えた。

燭台の火は瞬《またた》いた。

「大久保さま……」

半兵衛は笑い掛けた。

「う、うむ……」

忠左衛門は落ち着いた。

「ならば……」

半兵衛は、話を促《うなが》した。

「半兵衛、秀筆堂の主の藤三郎とは若い頃からの馴染でな……」

「若い頃からの馴染……」

「うむ。で、去年、その藤三郎が卒中で倒れて寝たきりになってな。以来、内儀のおつたは儂にいろいろ相談をするようになった」

「いろいろ相談ですか……」

「うむ。藤三郎の残した借金や店を続けるかとか……」

忠左衛門は、白髪眉をひそめた。

「他には……」

「囲い者《かこもの》になれと口説《くど》いて来る者の事だ」

忠左衛門は、腹立たしげに吐《は》き棄《す》てた。

「おつたに囲い者になれと……」

半兵衛は眉をひそめた。

「うむ……」

忠左衛門は、筋張った細い首で頷いた。

「口説いたのは、例繰方与力の堀田兵庫さまですか……」

半兵衛は読んだ。

「半兵衛……」

忠左衛門は、驚いたように筋張った首を伸ばして半兵衛を見詰めた。

「どうやら図星《ずぼし》ですね……」

「ああ……」

「だが、おつたは断わりましたか……」

「如何《いか》にも。その通りだ」

忠左衛門は頷いた。

例繰方与力の堀田兵庫は、筆屋『秀筆堂』お内儀おつたを口説き、断わられていた。

「やはり、そうでしたか……」

半兵衛は苦笑した。

「兵庫、父の重蔵に似ず好色者だ」

忠左衛門は、怒りを過《よ》ぎらせた。

「大久保さま。重蔵さまとて隠し子の娘と……」

半兵衛は苦笑した。

「隠し子の娘……」

忠左衛門は戸惑った。

「はい。根岸の里の家で一緒に暮らして……」

「半兵衛、あの娘は兵庫が若い頃、屋敷に奉公していた女中に生ませた子だ」

忠左衛門は知っていた。

「えっ。じゃあ、あの娘は……」

「兵庫の子、重蔵の孫だ」

忠左衛門は告げた。

「兵庫さまの子……」

半兵衛は驚いた。

「左様。重蔵が哀れみ、根岸に隠居して引き取ったのだ」

忠左衛門は、腹立たしさを露《あら》わにした。

堀田兵庫には、六歳の嫡男京丸の他に隠し子の娘がおり、筆屋『秀筆堂』内儀のおつたを口説いて袖《そで》にされていた。

その二つの事実を知る者は、父親の重蔵の他には大久保忠左衛門だけなのだ。

半兵衛は知った。

邪魔者……。

兵庫は、己の秘密を知る忠左衛門を疎《うと》ましい邪魔者とし、半兵衛を使って蹴落とそうとしているのだ。

陰険な企《くわだ》てを……。

「そうでしたか。いや、良く分かりました」

半兵衛は、冷ややかな笑みを浮かべた。

「半兵衛、堀田兵庫がどうかしたのか……」

「はい。愚かな事を企てていましてね」

「愚かな事だと……」

忠左衛門は困惑した。

「ええ。ま、私が始末をしますよ」

半兵衛は、不敵な笑みを浮かべた。

燭台の火は瞬き、微かな音を鳴らした。


北町奉行所は訪れる者も途絶え、閉門の時が近付いた。

半次と雲海坊は、表門の前で半兵衛が退出して来るのを待っていた。

「半次の親分……」

雲海坊は、やって来る老武士を示した。

老武士は、表門前に佇《たたず》んで北町奉行所を眺めた。

老武士は、堀田重蔵だった。

「堀田重蔵さま……」

半次は気が付いた。

「堀田重蔵さま……」

「ああ、堀田兵庫さまの御父上さまで、根岸に隠居されている方だが……」

半次は、微かな戸惑いを滲ませた。

堀田重蔵は、北町奉行所に深々と頭を下げて踵《きびす》を返した。

「何か妙ですね……」

雲海坊は眉をひそめた。

「うん。俺が追う。此の事を半兵衛の旦那に報せてくれ」

「承知……」

雲海坊は頷いた。

半次は、堀田重蔵を追った。

「おう。待たせたね」

北町奉行所から半兵衛が出て来た。

「半兵衛の旦那。今、堀田重蔵さまが来て北町奉行所に深々と頭を下げて行きましたよ」

「堀田重蔵さまが……」

半兵衛は眉をひそめた。

「はい。半次の親分が追いました」

「よし。俺たちも行くよ」

半兵衛は、雲海坊を促して足早に半次と堀田重蔵を追った。

堀田重蔵は、外濠に架かっている呉服橋を渡り、日本橋の通りに向かった。

半次は尾行た。

「半次……」

背後から、半兵衛と雲海坊が足早にやって来た。

「半兵衛の旦那、堀田重蔵さま、八丁堀に行くようですぜ」

半次は、日本橋の通りを横切り、楓川に架かっている海賊橋《かいぞくばし》に向かう重蔵を示した。

重蔵は、僅かに前のめりの体勢になり、迷いのない足取りで進んで行く。

「うん。おそらく岡崎町の堀田屋敷に行くのだろう」

半兵衛は読んだ。

堀田重蔵は、倅の兵庫に逢いに行くのだ。

逢って何をする気だ……。

半兵衛は読んだ。

友の忠左衛門を失脚させようとしている兵庫に厳しく意見をするのか、それとも……。

半兵衛は、迷いのない足取りで行く重蔵の後ろ姿に微かな淋しさと哀しさを感じた。

八丁堀岡崎町の堀田屋敷は表門を閉じ、夜の闇に沈んでいた。

堀田重蔵は、表門脇の潜り戸から堀田屋敷に入った。

半兵衛、半次、雲海坊は見届けた。

「堀田さま、何をしに来たんですかね」

半次は眉をひそめた。

「うむ……」

半兵衛は、緊張を滲ませた。

「どうします。暫く様子を見ますか……」

半次は、半兵衛の出方を窺った。

「いや。そうもしていられないだろう」

「じゃあ……」

雲海坊は身を乗り出した。

「うむ……」

半兵衛は、表門脇の潜り戸を叩いた。

「はい。何方でしょうか……」

潜り戸の窓から下男が顔を見せた。

「北町奉行所臨時廻り同心白縫半兵衛だ。堀田さまに急用だ。潜り戸を開けろ」

半兵衛は、厳しく命じた。

「は、はい……」

下男は、慌てて潜り戸を開けた。

刹那、屋敷から女の悲鳴が微かに聞こえた。

半兵衛は、潜り戸を入った。

半次と雲海坊は続いた。


堀田屋敷に血の臭いが漂った。

半兵衛は、微かな血の臭いを辿《たど》って座敷に走った。

座敷の前の廊下には、早苗が蹲《うずくま》って激しく震えていた。

半兵衛は、座敷に駆け込んだ。

座敷には、堀田兵庫が肩から血を流して倒れ、重蔵が鋒《きつさき》から血の滴《したた》る刀を手にして仁王立ちになっていた。

「堀田さま……」

半兵衛は叫んだ。

重蔵は振り向いた。

「白縫半兵衛か……」

重蔵は、哀しげな笑みを浮かべた。

「此迄《これまで》です……」

半兵衛は、静かに諌《いさ》めた。

「ならぬ。我慾《がよく》の為に女を泣かせ苦しめ、我が友忠左衛門を無実の罪に陥《おとしい》れんとする愚か者。最早《もはや》、生かしては置けぬ。父の儂が始末致す」

重蔵は、嗄《しやが》れ声を震わせ、倒れている兵庫に止《とど》めを刺そうとした。

刹那、半兵衛は抜き打ちの一刀を放った。

甲高《かんだか》い音が鳴り、重蔵の刀は弾き飛ばされて壁に突き刺さって胴震《どうぶる》いした。

「半兵衛……」

重蔵は、崩れるように座り込んだ。

「半次、雲海坊、兵庫さまを運び出し、医者を呼べ……」

半兵衛は命じた。

「承知……」

半次と雲海坊は、倒れている兵庫を座敷から素早く連れ出した。

廊下にいた早苗が続いた。

「愚か者が、愚か者が……」

重蔵は、悔しげに両膝を鷲摑《わしづか》みにし、己を責めるかのように吐き棄てた。

「堀田さま……」

半兵衛は、重蔵の気持ちが良く分かった。

「愚か者が……」

重蔵は、倅の兵庫を愚か者に育てた己の不甲斐《ふがい》なさを恥じ、責任を感じているのだ。

半兵衛は、堀田重蔵を哀れまずにはいられなかった。

堀田兵庫は命を取り留めた。そして、急な病に罹《かか》ったとして隠居し、外祖父である目付の加納帯刀を後見役として六歳の嫡男京丸が堀田家の家督を相続した。

半兵衛は、岡っ引の三河町の政吉から十手《じって》を取り上げるよう、忠左衛門に進言した。

「それで、堀田重蔵さまは……」

半兵衛は、大久保忠左衛門に訊いた。

「うむ。既に隠居の身であり、倅兵庫は急な病。お咎《とが》めなしとなった」

忠左衛門は、憮然《ぶぜん》たる面持ちで告げた。

「そうですか……」

半兵衛は頷いた。

一件が落着した今、此以上騒ぎ立てる必要はない。

世の中には、町奉行所の者が知らぬ顔をした方が良い事がある。

おそらく、堀田重蔵は倅兵庫の隠し子である孫娘と根岸の里で静かな隠居暮らしを続けるだろう。

半兵衛は、知らぬ顔を決め込んだ。

「うむ。それにしても兵庫。儂を邪魔者として濡れ衣を着せようとは……」

忠左衛門は、筋張った細い首を震わせた。

「馬鹿な事を企んだものです……」

半兵衛は冷笑した。

「分からないのは半兵衛。兵庫は何故、お前に儂の探索を頼んだのかだ」

忠左衛門は、筋張った細い首を捻った。

「さあて、そいつは私にも……」

半兵衛は眉をひそめた。

「分からぬか……」

忠左衛門は、筋張った細い首を伸ばして半兵衛を見詰めた。

「はい……」

「まことだな、半兵衛……」

忠左衛門は、半兵衛に疑いの眼を向けて念を押した。

「ええ、まことですよ……」

半兵衛は苦笑した。

第二話　埋蔵金

一

野良犬は、土に塗《まみ》れた小さな物を咥《くわ》えて鳥越明神《とりごえみようじん》の境内《けいだい》から出て来た。

鳥越明神の前では、老百姓が野菜を売りながら握り飯を食べていた。

野良犬は、野菜を売っている老百姓の前に立ち止まった。

「おう。お前も腹が減ったかい……」

老百姓は、握り飯の欠片《かけら》を野良犬に放った。

野良犬は一声吠《ほ》え、咥えていた土に塗れた物を落とし、握り飯の欠片を食べて行った。

「おう、忘れ物だよ……」

老百姓は、土塗れの小さな物を拾い上げて眉をひそめた。そして、小さな物の土を擦《こす》り落《お》とした。

小さな物は金色に輝いた。

老百姓は戸惑い、慌《あわ》てて残りの土を擦り落とした。

土を落とした小さな物は、金色に輝く小判だった。


ぱちっ……。

元結《もとゆい》を切る鋏《はさみ》の音は、短く鳴った。

廻《まわ》り髪結《かみゆい》の房吉《ふさきち》は、半兵衛の髷《まげ》を解《と》いて櫛《くし》で梳《す》き始めた。

半兵衛は、心地好さげに眼を瞑《つぶ》っていた。

「旦那、鳥越明神の境内から野良犬が小判を咥えて出て来たって話、御存知ですかい」

房吉は告げた。

「ほう。野良犬が小判を咥えてね」

半兵衛は、眼を瞑ったまま苦笑した。

「ええ。土塗れだったので、境内の何処《どこ》かから掘り出したようでしてね」

房吉は読んだ。

「で、そいつを知った者たちが、鳥越明神の境内を探したか……」

「はい。ですが、野良犬が掘り出した処《ところ》が何処か分からず、探す者たちで大騒ぎだそうですよ」

「だろうねえ……」

半兵衛は苦笑した。

「で、その小判ですがね。大昔に江戸を荒した鳥越の清蔵《せいぞう》って盗賊が隠した埋蔵金じゃあないかって専《もっぱ》らの噂《うわさ》ですぜ」

房吉は、髪を梳き終わり、髷を手際良く結い始めた。

「ほう。盗賊の鳥越の清蔵が隠した埋蔵金ねえ……」

半兵衛は、髷を結う為に引かれる髪の毛の僅《わず》かな痛みが心地好かった。


北町奉行所は非番で表門を閉めており、役人たちは傍の通用門から出入りしていた。

半兵衛は、半次と音次郎を伴《ともな》って北町奉行所の通用門から出て来た。

「さあて、今日は何処から廻りますか……」

音次郎は、半兵衛に見廻りの道筋を尋ねた。

「うん。今日は神田川から先《ま》ずは鳥越明神だ……」

半兵衛は告げた。

「鳥越明神ですか……」

音次郎は、戸惑いを浮かべた。

「うん……」

「旦那、鳥越明神に何か……」

半次は、半兵衛に怪訝《けげん》な眼を向けた。

「小判探しが始まっているそうだよ」

半兵衛は苦笑した。

「小判探し……」

半次は眉をひそめた。

「うん。今朝、廻り髪結の房吉に聞いたんだがね……」

半兵衛は、房吉に聞いた野良犬が土塗れの小判を咥えて来た話を半次と音次郎に教え始めた。


北町奉行所を出て外濠に架かっている呉服橋御門を渡り、日本橋の通りを横切って江戸橋から伝馬町《てんまちょう》の牢屋敷の傍を抜け、神田川沿いの柳原《やなぎわら》通りに進む。

柳原通りの柳並木は、緑の枝葉を微風《そよかぜ》に揺らしていた。

神田川には様々な船が行き交っていた。

半兵衛は、半次や音次郎と神田川に架かっている新シ橋を渡った。そして、神田川の北岸の道を東へ進み、左衛門河岸《さえもんがし》の手前を北に曲がって七曲《ななま》がりに入った。

七曲がりは、大名屋敷の間を鉤《かぎ》の手《て》に何度か曲がりながら鳥越川に架かっている甚内橋《じんないばし》に続く。

その甚内橋の北の先に鳥越明神はあった。

半兵衛は、半次と音次郎を伴って甚内橋を渡り、鳥越明神に進んだ。

鳥越明神の前には人だかりが出来ていた。

人足、浪人、遊び人、得体《えたい》の知れぬ者……。

鳥越明神の禰宜《ねぎ》と下男や氏子《うじこ》たちは、境内に入ろうとする人足、遊び人、浪人たちを押し止めていた。

「入ってはなりません。当明神の境内に立ち入ってはなりませんぞ」

禰宜は、懸命に叫んでいた。

「煩《うる》せえ。俺たちは鳥越明神に参拝しに来たんだ。さっさと参拝させろ」

「そうだ。そうだ……」

浪人、人足、遊び人たちは、口々に叫んで騒ぎ立てた。

「凄い騒ぎですね」

音次郎は驚いた。

「ああ。こいつは大変だ」

半兵衛は苦笑した。

「どうします……」

半次は、半兵衛に出方を伺《うかが》った。

「うん。禰宜に力を貸してやるか……」

「はい……」

半兵衛は、半次や音次郎と鳥越明神の境内に進んだ。

「何をしている。鳥越明神は入ってはならぬと申している。散れ……」

半兵衛は、集まっている者たちに命じた。

「冗談じゃあねえ……」

髭面《ひげづら》の浪人が、半兵衛に向かって凄《すご》んだ。

刹那《せつな》、半兵衛の十手《じって》が煌《きら》めいた。

髭面の浪人は、喉元《のどもと》に十手を突き付けられて後退《あとずさ》りしようとした。

「動くな……」

半兵衛は鋭く制した。

髭面の浪人は凍《い》て付《つ》いた。

「動けば、喉仏が潰れる……」

半兵衛は笑い掛けた。

髭面の浪人は、突き付けられた十手に喉を引《ひ》き攣《つ》らせて仰《の》け反《ぞ》った。

他の浪人、人足、遊び人たちは、息を潜《ひそ》めて見守った。

「そいつが嫌なら立ち去れ……」

半兵衛は、髭面の浪人に冷たく命じて十手を引いた。

髭面の浪人は、慌てて身を翻《ひるがえ》して逃げた。

「さあ、鳥越明神の参拝は此《こ》の次だぜ」

半次は笑った。

浪人、人足、遊び人たちは、我に返ったように散った。

半兵衛、半次、音次郎は見送った。

「ありがとうございました……」

鳥越明神の禰宜たちは、安堵《あんど》した面持《おもも》ちで半兵衛に礼を述べた。

「いや。礼には及ばぬ。それより、寺社方には報《しら》せたのかな」

半兵衛は尋ねた。

寺や神社は寺社奉行の管轄であり、町奉行所の支配違いだ。

「はい。それはもう。ですが、未《ま》だ……」

禰宜は、困惑を浮かべた。

寺社奉行は小大名が務めており、動きは鈍《にぶ》いと云えた。

「そうですか。ま、間もなく来るだろう」

「それなら良いのですが……」

禰宜は心配した。

寺社方が来ると何かと面倒だ。

今の内だ……。

「ならば、参拝させて貰《もら》いますか……」

半兵衛は、禰宜に笑い掛けた。

「はい。どうぞ、どうぞ……」

禰宜は、後を下男や氏子たちに任せ、半兵衛、半次、音次郎を境内に誘《いざな》った。

半兵衛、半次、音次郎は、鳥越明神に参拝した。

「さあて、野良犬は何処から小判を掘り出したのか、分かるかな……」

半兵衛は、境内を見廻して禰宜に尋ねた。

「それが、さっぱり分からないのです」

禰宜は首を捻《ひね》った。

「分からない……」

「はい。野菜売りのお百姓の富吉《とみきち》さんが、野良犬が土塗れの小判を咥えて境内から出て来たと云って来た時、手前共が野良犬が掘り返した場所を探したのですが、何処にもなかったのです……」

「そいつに間違いないね……」

「はい。宮司《ぐうじ》さまたちにも訊いて貰えば分かります。それなのに、先程の者たちが境内を勝手に掘り返そうとして……」

禰宜は、腹立たしげに告げた。

「そうか……」

半兵衛は頷《うなず》いた。

「噂じゃあ、小判は鳥越の清蔵って大昔の盗賊が隠した埋蔵金だって話ですが……」

音次郎は訊いた。

「そんな噂もありますが、当明神と鳥越の清蔵なる盗賊は何の拘《かか》わりもありませんよ」

禰宜は、迷惑そうに告げた。

「そうですか……」

音次郎は、残念そうに境内を見廻した。

「ま、野良犬が鳥越明神以外の処で掘り出して咥え、境内を横切って出て行ったのかもしれないさ……」

半次は読んだ。

「うん。そうかもしれないな。ま、念の為、境内や明神社の敷地内を見せて貰うよ」

半兵衛は、禰宜に笑い掛けた。

「はい。そして、盗賊の埋蔵金など何処にもないと、はっきりさせて下さい。そうすれば、先程の者共も諦《あきら》め、馬鹿な騒ぎも鎮まるでしょう」

禰宜は、安堵を滲《にじ》ませた。

「うん。ではな……」

「はい……」

禰宜は頭を下げた。

「半次、音次郎……」

半兵衛は禰宜と別れ、半次や音次郎を促《うなが》して本殿の裏に向かった。


本殿の裏は狭い庭になっており、宮司たちの住まいと思える建物があった。

半兵衛、半次、音次郎は、狭い庭に掘り返した跡を探した。だが、狭い庭に掘り返した跡はなかった。

「掘り返した跡、ありませんね」

半次は見定めた。

「うん。よし、後は手分けして庭や裏庭、土塀沿いの植込み、境内などを探そう」

「はい……」

半次と音次郎は頷き、鳥越明神の敷地内に散った。

半兵衛は、境内の隅々を見て歩いた。だが、掘り返した跡らしきものは何処にもなかった。

半兵衛は、鳥越明神の表に出た。

老百姓が筵《むしろ》に座り、野菜を売っていた。

小判を咥えた野良犬を見付けた老百姓の富吉……。

「やあ。富吉さんかい……」

半兵衛は声を掛けた。

「へ、へい……」

富吉は、町方同心の半兵衛を見て緊張を浮かべた。

「私は北町奉行所の者だ。お前さんが野良犬が咥えて来た小判を見付けたのだな」

「さ、左様《さよう》にございます」

富吉は、喉を鳴らして頷いた。

「野良犬、鳥越明神から出て来たのに間違いはないのだね」

「へい……」

「それで、お前さんの前に咥えていた小判を落として行った……」

「へい。手前が昼飯の塩結びを少し分けてやったら、わんと吠えて……」

「小判を落として握り飯を咥えていったか……」

半兵衛は笑った。

「仰《おつしや》る通りで……」

富吉は頷いた。

「そうか。して、その野良犬、此の辺りで良く見掛ける野良犬なのかな」

「いえ、時々です……」

「時々ねえ。で、その後は……」

「その後ですか……」

「うん、見掛けないか……」

「そう云えば、見掛けませんね……」

富吉は首を捻った。

「そうか、見掛けないか……」

半兵衛は、鳥越明神の前と左右の道を見廻した。

だが、野良犬はいなかった。

「半兵衛の旦那……」

半次と音次郎が駆け寄って来た。

「おう。どうだった」

「いろいろ見て廻りましたが、野良犬が掘り返したような跡、何処にもありませんね」

半次は眉をひそめた。

「あっしの方もです」

音次郎は頷いた。

「そうか……」

「後は本殿なんかの縁《えん》の下《した》ですか……」

半次は読んだ。

「縁の下か……」

「はい……」

「人は入れなくても、犬なら入れる縁の下ですか……」

音次郎は眉をひそめた。

「かもしれないな……」

半兵衛は頷いた。

「旦那……」

半次は、甚内橋からの道を示した。

数人の羽織袴《はおりはかま》の武士がやって来た。

「寺社方が漸《ようや》く来たようだ」

半兵衛は、数人の羽織袴の武士を寺社奉行配下の寺社役同心と睨《にら》んだ。

数人の羽織袴の武士は、半兵衛たちを一瞥《いちべつ》して鳥越明神に入って行った。

「さあて、我々の出番は此迄《これまで》のようだ」

半兵衛は苦笑した。


元鳥越町の鳥越明神から浅草広小路《あさくさひろこうじ》や金龍山浅草寺《きんりゅうざんせんそうじ》、下谷広小路と東叡山寛永寺、湯島天神、神田明神……。

半兵衛は、半次や音次郎といつもとは逆の道順で市中見廻りをした。

鳥越明神の埋蔵金騒ぎは、寺社方の介入があってか、次第に鎮まり始めた。

数日が過ぎた。

北町奉行所に出仕した半兵衛は、吟味方与力の大久保忠左衛門に呼ばれた。

「御用ですか……」

「おう。半兵衛、ま、座れ……」

忠左衛門は、筋張《すじば》った細い首を伸ばして半兵衛を用部屋に招いた。

「はい……」

半兵衛は、忠左衛門と対座した。

「半兵衛、寺社奉行の小出相模守《こいでさがみのかみ》さま配下の寺社役から内々での依頼があった」

忠左衛門は、秘密めかして囁《ささや》いた。

「寺社役から内々の依頼……」

半兵衛は眉をひそめた。

「うむ。桑原秀一郎《くわばらしゅういちろう》と申す寺社役配下の同心が何者かに殺されたそうでな。秘かに探索して貰えぬかと云う依頼だ」

「ほう。寺社役同心が殺された……」

半兵衛は緊張した。

「うむ。半兵衛、おぬしの事だから既に知っていると思うが、その寺社役同心、鳥越明神の埋蔵金騒ぎを調べていた……」

忠左衛門は、筋張った細い首を伸ばして告げた。

「鳥越明神の埋蔵金騒ぎを……」

「うむ。それで、埋蔵金探しの浪人や遊び人共と揉《も》めていたそうだ」

忠左衛門は、白髪眉をひそめた。

「埋蔵金探しの浪人や遊び人とですか……」

半兵衛は、鳥越明神の前にいた髭面の浪人や遊び人たちを思い出した。

「うむ。それで恨《うら》みを買ったのかもしれぬ」

忠左衛門は読んだ。

「恨み……」

「それでだ、半兵衛。寺社方としては、同心を殺した者はおそらく町奉行所支配の者共、秘かに探索をして、何処の誰か突き止めて貰いたいとの依頼だ」

「成《な》る程《ほど》……」

寺社方が町方の者の絡《から》む事件を探索するのは難しく、町奉行所に助力を求めるのは良くある事だ。

「どうだ。やってくれるか……」

忠左衛門は、筋張った細い首を伸ばして半兵衛の返事を待った。

寺社役同心の桑原秀一郎殺しを探索するのは、鳥越明神の埋蔵金騒ぎを詳しく調べる事になる。

面白い……。

「分かりました。やりましょう」

半兵衛は引き受けた。

二

鳥越明神の前には、数人の浪人と遊び人が屯《たむろ》していた。

半兵衛は、半次や音次郎を伴って鳥越明神にやって来た。

鳥越明神の入口では、寺社役の若い同心と小者たちが参拝客に紛《まぎ》れて入る埋蔵金探しの者を警戒していた。

半兵衛は、僅かに屯している浪人の中に髭面の浪人を捜した。だが、髭面の浪人はいなかった。

屯していた浪人と遊び人たちは、半兵衛を見て慌てて立ち去った。

「此の前の奴らもいたようですね」

音次郎は睨んだ。

「ああ……」

半次は苦笑した。

半兵衛は、若い寺社役同心に近付いた。

「私は北町奉行所臨時廻り同心の白縫半兵衛。寺社役の香川信吾《かがわしんご》どのにお逢いしたい」

半兵衛は告げた。

「あっ。こちらにどうぞ……」

若い同心は、半兵衛を誘って社務所に向かった。

半次と音次郎は続いた。


鳥越明神の社務所には、寺社奉行所の寺社役の香川信吾が待っていた。

半兵衛は、香川信吾と挨拶《あいさつ》を交わし、半次と音次郎を引き合わせた。

「して、寺社役同心の桑原秀一郎どのは、何処でどのようにして殺されたのですか……」

半兵衛は尋ねた。

「桑原は、戌《いぬ》の刻五つ（午後八時）に愛宕下《あたごした》の松川《まつかわ》藩江戸上屋敷に戻ろうと此処《ここ》を出ましてね。その後、甚内橋の袂《たもと》で斬られて死んでいるのが見付かったのです」

香川は眉をひそめた。

「甚内橋の袂ですか……」

半兵衛は、寺社役同心の桑原秀一郎が甚内橋の袂で殺されたのを知った。

「ええ……」

「して、何処をどう斬られていたのです」

斬られ方によって、斬った者の姿が見えてくる事もある。

「それが、左の肩から袈裟《けさ》懸《が》けの一刀で……」

香川は、躊躇《ためら》い勝《が》ちに答えた。

「正面からの一太刀。殺《や》ったのは武士ですね」

半兵衛は読んだ。

「おそらく……」

香川は頷いた。

「して、桑原どのは刀を抜いていましたか……」

「そ、それが……」

香川は、苦しげに云《い》い澱《よど》んだ。

「刀は抜いていなかったのですな」

半兵衛は念を押した。

「さ、左様……」

香川は、悔しげに頷いた。

「正面からの敵に刀を抜きもせず、斬り棄てられていたのですな」

「う、うむ……」

刀を抜き合わせず、正面から斬られるのは武士の恥とされる。

香川は、それを気にして歯切れの悪い返事をしていたのだ。

「そうですか……」

「白縫どの、桑原は……」

「香川どの、桑原どのを斬ったのは、顔見知りの者かもしれませんね」

「えっ……」

香川は戸惑った。

「顔見知りの知り合い故、油断して刀を抜き合わせもしなかった……」

半兵衛は睨んだ。

「白縫どの……」

香川は困惑した。

半兵衛は、桑原を斬った者を知り合いの武士だと睨んだ。

桑原秀一郎の武士としてのありようなどに構わず……。

香川は、半兵衛が探索の玄人《くろうと》だと思い知った。

「それで香川どの。桑原どのはどのような人柄だったのですか……」

半兵衛は尋ねた。

「人柄ですか。人柄は真面目で仕事の出来る男でしたよ」

「そうですか……」

「ま、詳しい事は同役の島田敬之助《しまだけいのすけ》に訊いて下さい」

「島田敬之助さんですか……」

「ええ。おぬしたちを此処に案内して来た者です」

「そうですか、分かりました……」

半兵衛は頷いた。

「では……」

「あっ、もう一つ……」

「何ですかな……」

「噂の埋蔵金、あったのですか……」

「いえ。そいつは未だ。と云うより、白縫どの、そのような物、最初からないのですよ」

香川は、腹立たしげに告げた。

「そうですか。やはり噂だけでしたか……」

半兵衛は苦笑した。


半兵衛は、半次、音次郎と境内に出た。

境内に参拝客は少なかった。

「半次、音次郎、此の前と変わった処がないか鳥越明神の中を見廻って来てくれ。私は島田敬之助に当たって来る」

「分かりました。音次郎……」

半次と音次郎は、本殿の裏手に廻って行った。

半兵衛は、鳥越明神の出入口で小者たちと浪人や遊び人を見張っている若い同心の島田敬之助の許に向かった。


「桑原秀一郎さんですか……」

島田は眉をひそめた。

「ええ。香川どのによると、桑原さんは真面目で仕事の出来る人だったそうだね」

半兵衛は尋ねた。

「えっ。ええ……」

島田は、困惑気味に頷いた。

「違うのかな……」

半兵衛は笑い掛けた。

「いえ。そんな事はありません。桑原さんは真面目な方です」

島田は、慌てて否定した。

「そうですか。して、桑原さん、殺された日、戌の刻五つに此処を出たそうだが、一人だったのかな……」

「はい。一人でした」

「して、何処かで誰かに逢うとは云っていなかったかな」

「さあ、聞いてはおりませんが……」

「ならば、桑原さんの行き先は……」

「桑原さんは、此の鳥越明神に詰めて、五日に一度、愛宕下の松川藩江戸上屋敷に報告に戻っていまして、あの日は翌朝の報告に備えて前日の夜に戻って行ったのです」

「成る程。それで、桑原さん、近頃、良く逢っていた侍、いなかったかな……」

「さあ。良く逢っていた侍となると、私たち鳥越明神詰の同心と寺社役の香川信吾さまぐらいですか……」

島田は首を捻った。

「他には……」

「ま、強《し》いて云えば、埋蔵金探しの浪人共ですか……」

島田は、皮肉っぽく笑った。

「ならば、埋蔵金探しの浪人で親しくしていた者はいなかったかな」

「一人、いましたよ」

「ほう。どんな浪人ですか……」

「髭面の浪人でしてね。良く言葉を交わしていましたよ」

島田は告げた。

「髭面の浪人……」

「ええ……」

半兵衛は、以前来た時に十手を喉元に突き付けた髭面の浪人を思い出した。

島田は頷いた。

半兵衛は、鳥越明神の表に屯している浪人たちの中に髭面の浪人を捜した。だが、髭面の浪人はいなかった。

「今日は来ていませんよ」

島田は告げた。

「うん……」

殺された桑原は、埋蔵金探しの髭面の浪人と良く言葉を交わしていた。

半兵衛は知った。

「半兵衛の旦那……」

半次と音次郎がやって来た。

「うん。邪魔したね」

半兵衛は、島田に礼を云って半次や音次郎の許に行った。


「どうだった……」

半兵衛は訊いた。

「そいつが、以前よりいろいろ掘り返されていましたよ」

半次は報せた。

「掘り返されていた……」

半兵衛は眉をひそめた。

「ええ。裏手や裏庭に掘り返した跡が幾つもありました」

音次郎は、興奮気味に告げた。

「そうか。ま、それでも、ああして浪人や遊び人たちが来ている処を見ると、埋蔵金を掘り当てたと云う噂はないのだな」

半兵衛は苦笑した。

「きっと。ですが、掘り当てたと言い触らす者も余りいませんので……」

半次は読んだ。

「うむ。で、音次郎。縁の下の方はどうかな」

「縁の下は未だですが、検《あらた》めてみた方が良いと思います」

音次郎は勢い込んだ。

「そうか。よし、音次郎。桑原殺しは私と半次が調べる。お前は埋蔵金を探してみな」

半兵衛は、音次郎に笑い掛けた。

「良いんですか……」

音次郎は、嬉《うれ》しげな笑みを浮かべた。

「ああ。おそらく、桑原殺しに拘わっているだろうからね」

「分かりました。じゃあ……」

音次郎は、張り切って駆け去った。

「旦那……」

「うん。殺された桑原秀一郎、埋蔵金探しの髭面の浪人と良く言葉を交わしていたそうだ」

「髭面の浪人ってのは、以前来た時の……」

半次は眉をひそめた。

「うん。おそらく奴だ」

半兵衛は頷いた。

「桑原さん、あんな奴とどんな話をしていたんですかね」

「うん。そいつが気になる……」

半兵衛は苦笑した。

「で、あの髭面の浪人……」

半次は、表に屯している浪人や遊び人たちを眺めた。

「今日は来ていないそうだ」

「そうですか。じゃあ、ちょいと……」

「うん。頼む……」

半兵衛は、鳥越明神から出て行く半次を見送った。


本殿の縁の下は蜘蛛《くも》の巣が張り、鼠《ねずみ》などの小動物と虫の死骸があった。

音次郎は、龕燈《がんどう》の明かりを頼りに縁の下を調べた。だが、野良犬の掘り返した跡を始めとした変わった処は何もなかった。

音次郎は、鳥越明神の建物の縁の下を這《は》い廻《まわ》った。

派手な半纏《はんてん》を着た遊び人は、鳥越明神の前に屯していた者たちから離れ、甚内橋に向かった。

よし、彼奴《あいつ》だ……。

半次は物陰から現れ、派手な半纏を着た遊び人を追った。

派手な半纏を着た遊び人は、甚内橋の袂にある古い一膳飯屋に入った。

「腹拵《はらごしら》えか……」

半次は苦笑し、古い一膳飯屋の暖簾《のれん》を潜った。


派手な半纏を着た遊び人は、店の隅で安酒を飲んでいた。

「いらっしゃい……」

老亭主が、板場から現れて半次を迎えた。

「隅で酒を飲んでいる派手な半纏野郎、何て名前だい……」

半次は、老亭主に懐《ふところ》の十手を見せながら尋ねた。

「銀八《ぎんぱち》だよ……」

老亭主は、酒を飲んでいる派手な半纏を着た男を一瞥した。

「銀八か。じゃあ、ちょいとな……」

半次は、老亭主に笑い掛け、派手な半纏を着た銀八の許に進んだ。

老亭主は、苦笑して板場に入った。

半次は、銀八の前に座った。

「な、なんだ、お前さん……」

銀八は驚いた。

「ちょいと訊きたい事があってな。銀八……」

半次は、懐の十手を見せた。

「えっ……」

銀八は、名を知られているのに戸惑い、半次が岡っ引だと知って困惑した。

「鳥越明神の埋蔵金騒ぎに髭面の浪人が来ているだろう」

半次は訊いた。

「ああ……」

銀八は頷いた。

「髭面の浪人、名前は何て云うんだ」

「お、大原軍兵衛《おおはらぐんべえ》……」

「大原軍兵衛、家は何処かな」

「駒形堂《こまがたどう》の裏だと聞いた覚えがあるけど、詳しくは知らねえ」

銀八は告げた。

「銀八、嘘偽《うそいつわ》りはないな……」

「親分、そりゃあもう……」

銀八は頷いた。

「銀八。もし、嘘偽りだったら、ゆっくり礼を云わせて貰うぜ」

半次は、笑いながら脅《おど》した。

「冗談じゃあねえ……」

銀八は、酒を呷《あお》った。

髭面の浪人は、駒形堂の裏辺りに住んでいる大原軍兵衛……。

半次は知った。


鳥越明神を訪れる参拝客は途絶えた。

音次郎は、建物の縁の下に潜り込んで野良犬の掘り返した跡を探し続けた。

半兵衛は、下男たちと境内の掃除をしていた禰宜に声を掛けた。

「此はお役人さま……」

禰宜は、半兵衛に近寄って来た。

「此の前は御世話になりました」

「いや。礼には及ばないよ」

半兵衛は笑った。

「お蔭さまで、御寺社方のお役人が詰めてくれましてね。勝手に境内を掘り返す無法者はいなくなりました」

「そいつは良かったね」

「で、お役人さまは……」

「うん。此処に詰めていた桑原秀一郎と云う寺社役同心が殺されたのは知っているね」

「勿論《もちろん》です。お気の毒に桑原さま、誰にどうして斬られたんですかね」

禰宜は眉をひそめた。

「うむ。して訊くのだが、桑原さんと上役の香川信吾どの、どんな風だったかな」

半兵衛は、禰宜に尋ねた。

「桑原さまと香川さまですか……」

禰宜は声を潜めた。

「うん……」

「私の見た処、余り仲は良くなかったかと……」

半兵衛は頷いた。

「ほう。仲は良くなかった……」

半兵衛は眉をひそめた。

「ええ。桑原さま、上役の香川さまを自分より年若と見下し、指図に従わず、香川さまは苛立《いらだ》っておられましたよ」

禰宜は囁いた。

「そんな仲か……」

半兵衛は苦笑した。

寺社役の香川信吾は、配下の同心の桑原秀一郎を真面目で仕事の出来る者だと云ったが、本音は違ったのだ。

若い同心の島田敬之助が、戸惑いを浮かべたのはその為だったのかもしれない。

半兵衛は読んだ。

「ええ。それに此処だけの話ですが、桑原さまは埋蔵金探しの浪人や遊び人を夜遅くこっそり此処に潜り込ませて金を取っていたようでして……」

禰宜は、腹立たしげに告げた。

桑原秀一郎は、埋蔵金探しの浪人や遊び人から金を取り、鳥越明神に潜り込ませていた。

「そんな真似をしていたのか……」

半兵衛は呆れた。

「ええ。ですから、朝になるとあちこちに掘り返された跡が出来てましたよ」

「そうか……」

半兵衛は頷いた。

鳥越明神の裏庭や境内の隅に掘り返された跡が増えていた理由が分かった。

寺社役の香川信吾は、桑原秀一郎の不始末を寺社奉行である主君や藩に知られるのを恐れ、隠そうとしたのだ。

何《いず》れにしろ、此で寺社役の香川信吾にも桑原秀一郎を斬る理由があるのが分かった。

駒形堂のある駒形町は、蔵前《くらまえ》通り沿いで浅草広小路寄りにある。

「駒形堂の裏に住んでいる浪人の大原軍兵衛さんねえ……」

駒形町の木戸番は首を捻った。

「ええ。髭面の浪人だが……」

半次は告げた。

「ああ。髭面の浪人なら駒形堂の裏の長屋にいますぜ」

木戸番は思い出した。

「何て長屋だ……」

半次は、身を乗り出した。


駒形堂は大川の流れの傍にあった。

半次は、木戸番に誘われて駒形堂裏の古い長屋の木戸を潜った。

「髭面の浪人、此の長屋の奥の家に住んでいますぜ」

木戸番は、古い長屋の奥の家を示した。

「そうか……」

半次は、奥の家に近付いて腰高障子《こしだかしょうじ》を叩いた。

「大原さん、大原軍兵衛さん……」

半次は、腰高障子を叩いて呼び掛けた。

だが、家の中から返事はなかった。

「留守のようですね……」

木戸番は、腰高障子を引いた。

腰高障子は開いた。

「親分……」

木戸番は半次を見た。

「うん。大原軍兵衛さん……」

半次は、家の中を覗いた。

血の臭いがした。

「血の臭い……」

半次は、家の中に踏み込んだ。

髭面の浪人が、万年蒲団《まんねんぶとん》の上に血塗《ちまみ》れになって倒れていた。

三

半兵衛は、駒形町の木戸番に誘われて古い長屋に駆け付けて来た。

「半兵衛の旦那……」

半次は迎えた。

「おう、御苦労さん。髭面の浪人、死んでいたか……」

半兵衛は、死んでいる髭面の浪人に手を合わせた。

「名前は大原軍兵衛です」

半次は告げた。

「大原軍兵衛か……」

半兵衛は、大原軍兵衛の死体を検めた。

大原軍兵衛は、心の臓《しんぞう》を一突きにされて殺されていた。

「心の臓を一突きか……」

「ええ。殺しの玄人か、かなりの遣《つか》い手《て》ですか……」

半次は読んだ。

「うん。おそらくね。で、血の乾き具合から見て殺されたのは昨夜遅くかな……」

半兵衛は睨んだ。

「はい。昨夜、家に明かりが灯っていたそうです。それから、蒲団の下に此奴《こいつ》がありました」

半次は、二枚の小判を差し出した。

「小判が二枚か……」

「はい。他にはありませんでしたが、出処《でどころ》は何処ですかね」

半次は眉をひそめた。

「ひょっとすると、ひょっとするかな……」

半兵衛は、二枚の小判が鳥越明神から掘り出されたものかもしれないと読んだ。

「ええ。もし、そうだとしたら、やはり鳥越明神に……」

半次は睨んだ。

「うん。それで、どんな奴なんだ。大原軍兵衛……」

「相州《そうしゅう》浪人で地廻りや博奕打《ばくちう》ちの用心棒をして食《く》い扶持《ぶち》を稼いでいたそうですよ」

「そうか。桑原秀一郎に続き、時々言葉を交わしていた浪人の大原軍兵衛も殺されたか……」

「やっぱり、鳥越明神の埋蔵金が絡んでいるんですかね」

「おそらくね……」

半兵衛は頷いた。

「じゃあ、桑原さまと大原軍兵衛を殺《や》ったのは、同じ奴ですかね」

「かもしれないな……」

半兵衛は、小さな笑みを浮かべた。

「じゃあ旦那。あっしは昨夜遅くに此の長屋に出入りした奴を見た者がいないか、捜してみます」

半次は告げた。

「うん。私は桑原秀一郎と大原軍兵衛の拘わりを詳しく調べてみる」

半兵衛は、鳥越明神に戻る事にした。


夕暮れ時。

半兵衛は、鳥越明神に戻った。

鳥越明神の表に屯していた浪人や遊び人は散っており、島田敬之助と小者たちが退屈そうに警戒に就《つ》いていた。

「やあ。島田さん……」

半兵衛は近付いた。

「あっ、白縫さん。駒形町で何かあったんですか……」

島田は、半兵衛が迎えに来た駒形町の木戸番と出掛けて行ったのを見ていた。

「ええ。その事でちょいと話があるんだがね」

半兵衛は笑い掛けた。

鳥越明神の本殿は夕陽に照らされていた。

半兵衛は、既に参拝客の帰った本殿の前に島田敬之助を誘った。

「白縫さん、お話とは……」

島田は声を潜めた。

「うん。島田さん、大原軍兵衛って浪人、知っているね」

「大原軍兵衛……」

島田は眉をひそめた。

「此処に来ていた髭面の浪人だよ……」

半兵衛は教えた。

「ああ。あの髭面の浪人、大原軍兵衛って名前なんですか……」

「ええ。で、桑原秀一郎さん、その大原軍兵衛と言葉を交わしていたそうだが、どんな話をしていたのか、覚えているかな」

「私の聞いた限りでは、大原軍兵衛、桑原さんに鳥越明神に入れてくれれば、必ず埋蔵金を探し出すと……」

「ほう。して、桑原さんは何と……」

「ならば、埋蔵金を見付けた時、半分くれるなら入れてやると笑っていました」

島田は告げた。

「見付けた時、半分くれるなら、入れてやるか……」

半兵衛は眉をひそめた。

「ええ。勿論、冗談ですが……」

島田は苦笑した。

「うん。して、大原軍兵衛はどう返事をしたのかな……」

「いいだろう、埋蔵金を見付けたら山分けだと、桑原さんに云っていました」

「ならば、浪人の大原軍兵衛は、桑原さんの云う条件を飲んだのだね」

「ま、そうなりますが、所詮《しょせん》は退屈凌《しの》ぎの戯《ざ》れ言《ごと》、冗談の遣《や》り取《と》りですからね」

島田は笑った。

「そうかな……」

半兵衛は首を捻った。

「えっ……」

島田は、戸惑いを浮かべた。

「そいつが、冗談じゃあなかったらどうなるかな……」

半兵衛は眉をひそめた。

「白縫さん……」

島田は、緊張を過《よ》ぎらせた。

「島田さん、桑原さんは浪人や遊び人から金を取り、こっそり鳥越明神に入れて埋蔵金を探させていたと云う噂があるのだが、知らないのかな……」

半兵衛は笑い掛けた。

「そ、そんな噂があるのですか……」

島田は驚いた。

「ああ……」

半兵衛は頷いた。

「じゃあ、桑原さんと浪人の大原軍兵衛、裏で手を握っていたかもしれないのですか……」

島田は読み、狼狽《うろた》えた。

「うん。で、その大原軍兵衛、昨夜遅く何者かに殺された……」

半兵衛は、島田を見据えて告げた。

「えっ。そんな……」

島田は呆然《ぼうぜん》とした。

「で、大原の死体の下から二枚の小判が見付かったよ」

半兵衛は告げた。

「じゃあ、まさか……」

島田は、二枚の小判が埋蔵金と拘わりがあると読んだ。

「未だ何とも云えないが、大原軍兵衛が殺されたのに何か心当たりはないかな」

半兵衛は尋ねた。

「心当たり……」

島田は、困惑を浮かべた。

「うん……」

「浪人の大原軍兵衛が殺されたのに心当たりなど、何もありません」

島田は、半兵衛を見返した。

「そうか、心当たり、ないか……」

半兵衛は、小さな笑みを浮かべた。

夕陽は沈み、鳥越明神は大禍時《おおまがとき》に覆《おお》われた。


音次郎は、縁の下から這い出し、井戸端で手足を洗って水を被《かぶ》った。

「して、どうだった……」

半兵衛は尋ねた。

「どの建物の縁の下にも、野良犬が掘り返した跡はありませんでした」

「掘り返し、埋め戻した跡ならあったのかな」

半兵衛は読んだ。

「はい、二、三カ所ですが。野良犬は掘った穴を埋め戻しませんから、誰かが潜り込んで掘り、埋め戻したようですね」

音次郎は眉をひそめた。

「うむ。果たして誰が掘って埋め戻したのかな……」

半兵衛は苦笑した。

「旦那、ひょっとしたら、そこに小判が埋まっていたのかもしれませんね」

「ああ。で、掘り返されて埋め戻された穴はどれくらいの大きさなんだ……」

半兵衛は尋ねた。

「縦横二尺（約六十センチ）ちょっとでした」

「縦横二尺か……」

半兵衛は眉をひそめた。

「はい。埋蔵金と呼べる程の小判を埋める穴の大きさとは、思えませんね」

「うむ。だが、音次郎。十両でも一万両でも埋蔵金は埋蔵金だ」

半兵衛は苦笑した。

「そりゃあそうですね」

「ま、何れにしろ、桑原秀一郎は金を取って浪人や遊び人を鳥越明神に秘かに入れ、小判を探させていたのは、噂だけじゃあないようだな……」

半兵衛は睨み、音次郎に大原軍兵衛が殺されていた事を教えた。

「じゃあ旦那、殺された大原軍兵衛が桑原さんに金を払って夜中に鳥越明神に入れて貰い、いろいろ探し廻り、縁の下に野良犬が掘り返した跡を見付け、改めて掘ったのかもしれませんね」

音次郎は読んだ。

「そして、埋められた小判を見付け、分け前の事で桑原と揉めたか……」

半兵衛は、音次郎の読みの続きを読んだ。

「で、大原は桑原を殺した……」

音次郎は睨んだ。

「ならば、大原は誰が殺したのかな」

「ああ、そうか。じゃあ、もう一人、仲間がいるんじゃあないですかね」

音次郎は首を捻った。

「さあて、そいつはどうかな……」

半兵衛は笑った。

「旦那……」

半次が戻って来た。

「おう。何か分かったか……」

「ええ。大原軍兵衛、此処の処、急に羽振《はぶ》りが良くなったようで。そして時々、羽織袴の侍が来ていたそうですよ」

半次は報せた。

「して、昨夜は……」

「そいつが、分からないんです」

半次は、苛立たしげに告げた。

「そうか。何れにしろ羽織袴の侍が何処の誰かだな……」

半兵衛は眉をひそめた。

鳥越明神は夜の闇に覆われ、島田たち寺社役同心と小者たちは表と裏の出入口の警戒を続けていた。

鳥越明神の前に屯していた浪人と遊び人たちは、大原軍兵衛が何者かに斬殺された所為《せい》か現れなくなった。

「大原軍兵衛が殺され、埋蔵金探しの熱は一気に冷めたようだな……」

半兵衛は、寺社役同心と小者たちしかいない出入口を眺めた。

「ええ……」

半次は頷いた。

「ま、此で埋蔵金騒ぎが治まれば、大原も無駄死にじゃあないさ」

「ええ。そうなれば、寺社方の役人たちも退《ひ》き上《あ》げますか……」

「きっとな……」

「じゃあ、桑原秀一郎殺しの探索、急がなければなりませんね」

「うん……」

「どうします……」

半次は眉をひそめた。

「うん。半次、大原軍兵衛の名と家を教えてくれた遊び人がいたね」

「ええ。銀八って野郎です」

「その銀八を捜してくれ」

「心得ました」

半次は頷いた。

「旦那……」

音次郎が駆け寄って来た。

「どうした……」

半兵衛は迎えた。

「寺社役の香川さまが逢いたいそうですぜ」

音次郎は告げた。

「よし……」

半兵衛は、不敵な笑みを浮かべた。


「香川どの……」

半兵衛は、寺社役の香川信吾に笑い掛けた。

「此は白縫どの、御足労、忝《かたじけな》い……」

「いえ。して、私に御用ですか……」

「はい。埋蔵金騒ぎの熱も冷めたようですので、寺社方としてはそろそろ退き上げろとの指図が来ましてね」

「そうですか……」

「ですが、何と申しましても、桑原秀一郎を斬った者が未だ分からず。そいつが落着しない限りは……」

香川は、微かな苛立ちを過ぎらせた。

「退くに退けませんか……」

「ええ。我らもそれなりに探索をしているのですが、白縫どのの方は如何《いかが》ですか……」

香川は、半兵衛に尋ねた。

「そいつが、いろいろ分かったのですが……」

「ほう。どのような事が……」

「桑原さん、埋蔵金探しの浪人や遊び人から秘かに金を取り、いろいろ便宜《べんぎ》を図っていたそうでしてね」

「桑原がそのような真似を……」

香川は眉をひそめた。

「ええ……」

「ならば、その事で浪人たちと争いになって斬られた……」

香川は読んだ。

「かもしれないと思い、桑原さんと拘わりのあった大原軍兵衛なる浪人を調べようとしたのですが、その矢先に大原がやはり斬り殺されましてね。傍に二枚の小判がありましたよ」

半兵衛は告げた。

「では、桑原とその大原なる浪人、幾らかの埋蔵金を見付け、それを狙った他の浪人や遊び人に襲われて……」

香川は読んだ。

「殺されたのかもしれません」

半兵衛は頷いた。

「ならば、埋蔵金探しの浪人共を一人残らず捕らえ、吐かせてやります」

香川は熱《いき》り立った。

「処《ところ》が香川どの。御存知の通り、埋蔵金探しの浪人と遊び人は既に姿を消したようだ」

半兵衛は苦笑した。

「おのれ……」

香川は、怒りを滲ませた。

「だが、香川どの。埋蔵金騒ぎ、此のまま終わるとは思えぬ」

半兵衛は、厳しい面持ちで告げた。

「白縫どの、未だ何かあると……」

香川は緊張した。

「ええ。桑原秀一郎さんの死の真相、間もなくはっきりさせますよ」

半兵衛は云い放った。

「白縫どの……」

「ま、見ていて下さい」

半兵衛は、小さな笑みを浮かべた。


「旦那……」

音次郎は、香川の許から出て来た半兵衛に駆け寄った。

「どうした……」

「親分が遊び人の銀八を見付けて来ました」

音次郎は報せた。

「よし。何処だ……」

半兵衛は頷いた。

鳥越川は、三味線堀《しゃみせんぼり》から大川に流れ込んでいる。

古い一膳飯屋は、鳥越川に架かっている甚内橋の袂にあり、暖簾を微風に揺らしていた。

半兵衛は、古い一膳飯屋の暖簾を潜った。


「いらっしゃい……」

半兵衛は、古い一膳飯屋の老亭主に迎えられた。

「邪魔するよ」

「半次の親分、衝立《ついたて》の奥ですぜ」

老亭主は、奥の古い汚れた衝立を示した。

「旦那……」

半次が、古い汚れた衝立の陰から顔を見せた。

「おう。造作を掛けるね」

「いいえ……」

半兵衛は、老亭主に言葉を掛けて古い汚れた衝立の陰に進んだ。

古い汚れた衝立の陰には、半次と派手な半纏を着た遊び人の銀八がいた。

「旦那、遊び人の銀八です……」

半次は、半兵衛に銀八を引き合わせた。

「うん……」

「銀八、北の御番所の白縫の旦那だ」

「は、はい、銀八です……」

銀八は、半兵衛に怯《おび》えた眼で会釈《えしゃく》をした。

「銀八、大原軍兵衛の名前と家を教えてくれたそうだね。礼を云うよ」

半兵衛は笑い掛けた。

「いいえ。とんでもありません」

銀八は、戸惑いを浮かべた。

「それにしても、大原軍兵衛が殺されていたとはな……」

「はい。驚きました」

銀八は眉をひそめた。

「して、銀八。大原と揉めていた浪人はいなかったのかな」

「さあ、いなかったと思いますが……」

銀八は首を捻った。

「そうか、いなかったか……」

「はい……」

銀八は頷いた。

「ならば銀八、近頃、大原は羽織袴の侍と逢っていたそうだが、知っているか……」

「いいえ。知りません……」

銀八は、首を横に振った。

「そうか。して、銀八、鳥越明神の埋蔵金探し、もう止めたのか……」

半兵衛は笑い掛けた。

「え、ええ。お寺社のお役人がいる限りは……」

銀八は、厳しさを滲ませた。

「それに、桑原秀一郎もいなくなったしな」

「は、はい……」

銀八は苦笑した。

「そこでだ銀八、一つ相談がある……」

「相談ですか……」

「うむ……」

半兵衛は頷き、一枚の小判を見せた。

「えっ……」

「今日一日、此の小判、桑原や大原と一緒に鳥越明神の本殿の縁の下から見付けた物だと、言い触らして貰いたい……」

「えっ……」

銀八は困惑した。

「旦那、銀八を桑原さんや大原の仲間にするんですか……」

半次は眉をひそめた。

「うん。そして銀八、姿を隠すんだ」

半兵衛は命じた。

四

遊び人の銀八は、鳥越明神の埋蔵金の小判を持っている……。

噂は、埋蔵金を探していた浪人や遊び人の間で直《す》ぐに広まった。

埋蔵金探しの浪人や遊び人は、鳥越明神の前に僅かだが再び屯し始めた。

寺社役の香川信吾は、島田敬之助たち寺社役同心に再び警戒を命じた。

島田たち寺社役同心は、小者たちと警戒を始めた。

「白縫どの、浪人の大原軍兵衛と連《つる》んでいた銀八と云う遊び人がいたようですね」

香川信吾は眉をひそめた。

「ええ。どうやらそうらしいですね」

半兵衛は頷いた。

「その銀八に訊けば、桑原を斬ったのが浪人の大原かどうか、はっきりしますね」

「かもしれません……」

「捜してみます。銀八、どんな奴なんですか」

「派手な半纏を着た遊び人で、良く表に屯していたようですよ」

「それなら、島田が知っているかもしれませんね……」

「ええ……」

半兵衛は頷いた。

「ならば、島田に捜させます。御免……」

香川は、鳥越明神の前にいる島田敬之助の許に急いだ。

半兵衛は見送り、小さく笑った。

寺社役同心の島田敬之助は、上役である寺社役香川信吾に命じられて遊び人の銀八を捜す事になった。

「白縫さん、派手な半纏を着た遊び人の銀八、大原軍兵衛の仲間で埋蔵金の小判を持っていたそうですね……」

島田は、息を弾ませた。

「うん。銀八、ひょっとしたら桑原さんや大原を斬った奴を知っているかもしれぬ」

半兵衛は告げた。

「そうですね。それで今、銀八が何処にいるのか御存知なのですか……」

「半次が捜しているよ」

半兵衛は告げた。

「半次の親分が……」

「うん。銀八を神田明神で見掛けたって報せがあってね」

「じゃあ、銀八、神田明神に……」

「うん。先ずは確かめてみないとね……」

半兵衛は頷いた。

「分かりました。私も行ってみます」

島田は、神田明神に向かった。

半兵衛は見送った。

「旦那……」

半次が物陰から現れた。

「うん……」

半兵衛は頷いた。

半次は、島田を追って行った。

半兵衛は、小さく笑って見送った。


神田明神は鳥越明神より参拝客が多く、賑《にぎ》わっていた。

島田敬之助は、本殿に手を合わせて境内に派手な半纏を着た銀八を捜した。

半次は、石灯籠《いしどうろう》の陰から見守った。

島田は、境内の隅にある茶店の者たちに聞き込みを掛け始めた。

茶店の者たちは、困惑した面持ちで首を捻った。

島田は、茶店を出て参道に並ぶ行商人たちに聞き込んだ。

だが、派手な半纏を着た遊び人の銀八を見掛けた者はいなかった。

島田は、粘り強く聞き込みを続けた。

真面目で何事にも一生懸命な男だ。それだけに、裏切られた時の怒りは激しいのかもしれない。

半次は見守った。


鳥越明神の警戒をする寺社役同心と小者たちは、参拝客と埋蔵金探しの浪人と遊び人たちを区別していた。

寺社役の香川信吾が現れ、寺社役同心に何事かを告げて鳥越明神を出た。

「旦那……」

音次郎は、半兵衛の出方を伺った。

「香川を尾行《つけ》るよ」

「はい……」

半兵衛は、充分な距離と間を取って香川信吾を追った。

音次郎は続いた。

香川信吾は、鳥越川に架かっている甚内橋を渡り、七曲がりを抜けて神田川北岸の道に出た。

「愛宕下の松川藩の江戸上屋敷に行くのですかね」

音次郎は、香川の行き先を読んだ。

「うん、おそらくね」

半兵衛は頷いた。

香川は、神田川に架かっている新シ橋を渡り、日本橋に向かった。

半兵衛と音次郎は尾行た。


神田明神門前町は、夜の開店に向けて仕度を始めていた。

島田敬之助は、派手な半纏を着た遊び人の銀八を捜し、懸命に聞き込みを続けた。

よし……。

半次は、物陰から島田の前に出た。

「おお、半次の親分……」

島田は、半次に弾んだ声を掛けた。

「ああ、島田さま……」

半次は、振り返って笑った。

島田は、半次に駆け寄った。

「遊び人の銀八、見付かりましたか……」

「いえ。未だですが……」

半次は、戸惑いを浮かべて見せた。

「うん。寺社役の香川さまが、白縫さんから派手な半纏を着た銀八と申す遊び人も桑原さんと大原軍兵衛の仲間だったと聞いてな。神田明神で半次の親分が捜しているると知り、私も捜しに行けと命じられてね」

島田は告げた。

「で、如何です。何か分かりましたか……」

半次は尋ねた。

「そいつが、未だ何も……」

島田は肩を落とした。

「そうですか、あっしの方も此と云った事は未だ摑めてないんですよ。ま、此からです」

半次は、肩を落とす島田を励《はげ》ました。

日本橋から京橋、そして芝口橋《しばぐちばし》を渡り、西に曲がると愛宕下になり、多くの大名屋敷がある。

その大名屋敷の中に、寺社奉行を務める信濃《しなの》国松川藩の江戸上屋敷があった。

寺社役の香川信吾は、松川藩江戸上屋敷に入って行った。

半兵衛と音次郎は見届けた。

「よし。音次郎、香川信吾の評判を聞き込むんだ」

半兵衛は命じた。

「合点です。じゃあ……」

音次郎は、聞き込みに走った。

半兵衛は、松川藩江戸上屋敷を眺めた。

半次は、島田敬之助と聞き込みを終えて鳥越明神に戻る事にした。

「銀八、何処にいるんですかねえ」

島田の足取りは重かった。

「桑原さまと大原軍兵衛が殺され、次は自分だと思い、姿を隠したんでしょうね」

半次は読んだ。

「それで神田明神ですか……」

「ええ。きっと神田に遊び人仲間でもいるんですぜ」

「遊び人仲間ですか……」

「ええ。鳥越明神に屯している遊び人たちに詳しく訊いてみますか……」

「そうですね……」

半次と島田は、鳥越明神に急いだ。

陽は西に大きく傾いた。


出世栄達《しゅっせえいたつ》を願う男……。

狡猾《こうかつ》で要領良く立ち廻り、決して損をしない男……。

己にとって邪魔なものなら、どんな些細《ささい》な事でも冷徹に取り除く……。

寺社役香川信吾は、そんな評判の囁かれている男だった。

半兵衛と音次郎は、松川藩江戸上屋敷の中間《ちゅうげん》小者《こもの》、下級藩士、そして出入りを許されている商人たちに聞き込みを掛けて訊き出した。

「香川信吾、中々《なかなか》の男ですね……」

音次郎は感心した。

「うむ。一筋縄ではいかない強《したた》かな男だよ」

半兵衛は苦笑した。

「旦那……」

音次郎は、松川藩江戸上屋敷から出て来た香川信吾を示した。

半兵衛と音次郎は、物陰に隠れた。

香川は、吐息を洩らして外濠に向かった。

「上役に埋蔵金騒ぎの報告をして、鳥越明神に戻るのだろう」

半兵衛は読んだ。

「はい……」

「よし。じゃあ、追うよ……」

半兵衛は、音次郎を従えて夕暮れの町を行く香川信吾を追った。

夕陽は、並ぶ大名屋敷の甍《いらか》を赤く照らした。

囲炉裏《いろり》の火は燃え上がった。

半兵衛、半次、音次郎は、酒を飲みながら出来上がった雑炊《ぞうすい》を食べていた。

「そうか。島田敬之助、真面目で一本気で粘り強い若者か……」

半兵衛は酒を飲んだ。

「ええ。それだけに裏切られたり、怒った時はどうなるやら……」

半次は、雑炊を啜《すす》った。

「上役や年上でも、悪事を働いたとなれば斬り棄てるかな……」

「かもしれません」

「そうか……」

半兵衛は頷いた。

「はい。で、香川信吾は如何でした……」

「出世欲が強く、狡猾で冷徹な男だそうだ」

半兵衛は告げた。

「自分の出世の邪魔になる奴は、さっさと取り除くらしいですよ」

音次郎は、雑炊を啜りながら告げた。

「じゃあ。配下の寺社役同心の桑原が浪人や遊び人から金を取って便宜を図っていたのを藩に知られると、上役として配下の取締り不行届《ふゆきとど》きになり出世に響くと……」

半次は読んだ。

「始末したか……」

半兵衛は、酒を飲んだ。

「ありませんかね……」

「いや。ないとも云い切れぬ……」

半兵衛は、囲炉裏に粗朶《そだ》を焼《く》べた。

「じゃあ……」

半次は、身を乗り出した。

「半次。何れにしろ、桑原秀一郎と大原軍兵衛を斬ったのは、島田敬之助か香川信吾のどちらかだな……」

半兵衛は笑みを浮かべた。

粗朶が燃えて弾け、火花が飛び散った。

朝。

島田敬之助は、派手な半纏を着た遊び人の銀八を捜しに鳥越明神を出た。

正面に見える甚内橋を派手な半纏を着た男が渡って来た。

見覚えのある派手な半纏……。

「銀八……」

島田は、見覚えのある派手な半纏が銀八の物だと見定め、猛然と追った。

銀八らしき男は島田に気が付き、派手な半纏を翻して逃げ出し、猿屋町《さるやちよう》の外れを東に曲がった。

島田は追った。


「香川どの……」

半兵衛は、香川信吾の許に現れた。

「此は白縫どの、何か……」

「今、配下の者から銀八が御厩河岸《おうまやがし》の辺りに潜んでいると報せがありましてね」

「銀八が御厩河岸辺りに……」

「ええ。此から行きますが、一緒にどうです」

半兵衛は誘った。

「ええ。勿論、同道します」

香川は、刀を取って出掛ける仕度をした。

「では……」

半兵衛は、香川と一緒に鳥越明神を出た。

鳥越明神を出て東に進み、新堀川《しんぼりがわ》を渡ると蔵前の通りだ。

蔵前の通りを北の浅草に向かって進み、浅草御蔵の北の端を東に曲がり、大川に進むと御厩河岸だ。

半兵衛は告げた。

「銀八に気が付かれぬよう、騒ぎ立てずにな」

「心得た……」

香川は頷いた。

半兵衛と香川信吾は、元鳥越町を東に向かった。

寺社役同心の島田敬之助は、猿屋町の外れを東に曲がった。

銀八らしい男は、派手な半纏を翻して蔵前の通りに向かって走って行く。

島田は追った。

銀八らしい男は、蔵前の通りを浅草の方に曲がった。

島田は追った。

そして、蔵前の通りを浅草の方に曲がった。


浅草に向かう蔵前の通りに銀八らしき派手な半纏を着た男はいなかった。

いない、何処だ……。

島田は焦った。

「島田さん……」

半次が駆け寄って来た。

「半次の親分。今、銀八らしい奴が……」

島田は告げた。

「捜しましょう」

半次は、蔵前の通りを浅草に向かった。

「は、はい……」

島田は続いた。

大川には様々な船が行き交っていた。

御厩河岸は浅草御蔵の北側にあり、渡し場からは客を乗せた渡し船が出て行った。

半兵衛は、香川信吾と御厩河岸にやって来た。

御厩河岸は三好町《みよしちょう》にあった。

半兵衛と香川は、御厩河岸と三好町に派手な半纏を着た遊び人の銀八を捜した。

三好町の土手道に派手な半纏を着た男が佇《たたず》み、大川の流れを眺めていた。

「香川どの……」

半兵衛は、派手な半纏を着た男を示した。

「銀八ですか……」

香川は、派手な半纏を着た男を見詰めた。

「おそらく。どうします」

半兵衛は、香川の出方を伺った。

「捕らえて知っている事を吐かせます」

香川は告げた。

斬り棄てる意志はない……。

半兵衛は判断した。

「ならば、奴の後ろに廻り込んで下さい。私は正面から行きます」

「心得た……」

香川は迂回《うかい》する為、足早に三好町の家並みの路地に入った。

半兵衛は、御厩河岸の船着場を窺った。

半次が島田敬之助とやって来た。

島田だ……。

半兵衛は、素早く物陰に隠れた。


「島田さん……」

半次は、土手道に佇んでいる派手な半纏を着た男を示した。

「銀八……」

島田は、派手な半纏を着た男に向かって猛然と走り出した。

島田は、派手な半纏を着た男に走りながら刀を抜いた。

「おのれ、銀八……」

半次は追った。

「島田さん……」


半兵衛は、物陰から走り出た。

島田は派手な半纏を着た男に駆け寄り、斬り掛かった。

刹那、半兵衛が駆け込み、抜き打ちの一刀を放った。

甲高《かんだか》い音が鳴った。

島田は、刀を弾き飛ばされて踏鞴《たたら》を踏んだ。

男は、素早く派手な半纏を脱ぎ棄てた。

「お、お前は……」

島田は怯《ひる》んだ。

派手な半纏を脱ぎ棄てた男は、音次郎だった。

「銀八じゃなくて悪かったな」

音次郎は笑った。

「島田敬之助、桑原秀一郎と大原軍兵衛を斬ったのは、お前だね……」

半兵衛は、島田を厳しく見据えた。

「ああ……」

島田は頷いた。

「何故だ。何故、桑原を斬った……」

香川が、家並みの路地から出て来ていた。

「香川さま。桑原さんは寺社役同心でありながら浪人の大原軍兵衛と結託し、埋蔵金探しの者共から金を取って便宜を図り、寺社方の御威光に泥を塗ったのです。私は止めるように頼みました。しかし、桑原さんは見下すように笑うだけだった。それ故……」

島田は声を震わせた。

「斬ったのか……」

半兵衛は見据えた。

「はい……」

「ならば、浪人の大原軍兵衛は……」

「脅して来たのです。私が桑原さんを斬ったと知り、黙っていて欲しければ金を出せと脅しを掛けて来たのです」

「それで、二両の金を渡して油断させ、刺し殺したか……」

半兵衛は読んだ。

「は、はい。悪いのは寺社方に泥を塗った桑原と私を脅した大原だ。悪いのは奴らだ」

島田は、衝《つ》き上《あ》げる怒りに声を震わせた。

半兵衛、半次、音次郎、そして香川信吾は見守った。

「香川さま、悪いのは桑原と浪人の大原。それに気が付かれなかった上役の香川さまです」

島田は、香川を睨み付けて怒鳴った。

刹那、香川は抜き打ちの一刀を放った。

半兵衛に止める間はなかった。

半次と音次郎は凍て付いた。

島田は、膝から崩れ落ちて倒れた。

半兵衛と半次は、倒れた島田の様子を診た。そして、その死を見届けた。

「旦那、親分……」

音次郎は、声を引《ひ》き攣《つ》らせた。

「香川どの……」

半兵衛は、香川を見据えた。

「白縫どの。島田敬之助、乱心の上で桑原秀一郎と大原軍兵衛なる浪人を斬った。それ故、拙者が成敗《せいばい》した迄。事は松川藩家中の事、どうぞお引き取り下さい」

香川は、冷徹に云い放った。

「成る程、それが寺社方の始末ですか……」

「如何にも……」

「ならば、北町奉行所の始末、何れお見せ致そう……」

半兵衛は、香川を厳しく見据えて云い放った。


寺社奉行は、寺社役同心の桑原秀一郎と浪人の大原軍兵衛の死を乱心した島田敬之助の所業とした。そして、島田を成敗した香川信吾は、殿さまの近習《きんじゅ》に出世すると噂された。

しかし、噂はそれだけではなかった。

江戸の町には、鳥越明神の埋蔵金騒ぎで寺社方の者が殺し合いになったとの噂も流れたのだ。そして、埋蔵金は寺社奉行を務める松川藩が掘り出して隠匿《いんとく》したとの噂も流れた。

噂は刻と共に面白可笑《おもしろおか》しく膨《ふく》らみ、人々は松川藩を嘲笑《あざわら》った。

松川藩は狼狽え、香川信吾は半兵衛の言葉を思い出していた。

「香川の野郎、驚いたでしょうね」

音次郎は笑った。

「ああ。噂じゃあ、香川信吾、謹慎《きんしん》を命じられたそうだぜ」

半次は告げた。

「旦那。埋蔵金、本当は鳥越明神の何処にもなかったと云わなくて良いんですか……」

音次郎は心配した。

「音次郎、世の中には私たち町奉行所の者が知らん顔をした方が良い事もあるさ……」

半兵衛は、冷ややかな笑みを浮かべた。

「そうですね、放って置きますか……」

「ああ……」

「それにしても野良犬の咥えていた小判、何処から掘り出されたんでしょうね」

半次は首を捻った。

「さあて、そいつはきっと野良犬が知らん顔だな……」

半兵衛は笑った。

第三話　御礼参り

一

町奉行所の表門が閉まる暮六《くれむ》つ（午後六時）が近付いた。

半兵衛は、市中見廻りを終え、半次や音次郎と外濠に架かっている呉服橋御門を渡って北町奉行所に向かった。

半兵衛が呉服橋御門を出た時、北町奉行所から町方の中年女が俯《うつむ》いて出て来た。そして、北町奉行所に入る半兵衛、半次、音次郎と擦《す》れ違《ちが》った。

半兵衛は、思わず立ち止まって振り返った。

町方の中年女は、俯いたまま重い足取りで呉服橋御門に入って行った。

半兵衛は見送った。

「旦那、あのおかみさんがどうかしましたかい……」

半次は、半兵衛に怪訝《けげん》な眼を向けた。

「う、うん。ちょいと気になってね」

「追ってみますか……」

半次は眉をひそめた。

「うん。無駄足になるかもしれないが、頼むか……」

半兵衛は気になった。

「はい。じゃあ、音次郎……」

半次は、半兵衛に会釈《えしやく》をし、音次郎を従えて町方の中年女を追った。

半兵衛は見送り、北町奉行所の表門を潜った。


半兵衛は、同心詰所に入った。

「おう。戻ったよ……」

半兵衛は、当番同心に声を掛けた。

「ああ。御苦労さまでした……」

当番同心は、疲れたような面持《おもも》ちで半兵衛を迎えた。

「どうかしたのか……」

半兵衛は、当番同心の様子が気になった。

「ええ。今、小舟町《こぶなちょう》の大工清七《せいしち》のおきくって女房が、定町廻りの大沢《おおさわ》さまに逢いたいと来ていましてね」

「定町廻りの大沢さまって、二ヶ月前に病で亡くなった大沢徳兵衛《とくべえ》さんの事か……」

「ええ。半年前、大沢さん、お店《たな》の旦那殺しを探索していましてね。博奕打《ばくちう》ちが浮かんだのですが、確かな証拠がなくて行き詰まっていたんです。その時、清七って大工が事件を見ていたのが分かりましてね……」

「おきくの亭主だね」

「ええ。で、大沢さま、清七に証言してくれと頼んだのですが、清七、御礼参りを恐れて嫌だと云《い》いましてね。大沢さまは自分が必ず護《まも》ると約束して、清七に証言して貰い、博奕打ちをお縄にしたそうです」

「そうか。で、お縄にした博奕打ちは……」

「死罪になりましたよ」

「そいつは良かった……」

「ですが、今月に入ってから、死罪になった博奕打ちの舎弟《しゃてい》ってのが、清七の前に……」

「現れたのかい……」

「らしいです。それで、大沢さんに報せに来たのですが……」

「大沢さん、既に亡くなっていたか……」

「はい。それで、私が定町廻りの風間《かざま》さんに何とかしてやってくれと頼んだのですが……」

当番同心は眉をひそめた。

「風間鉄之助《てつのすけ》は何と……」

「事件が起きていない限り、出張《でば》るのは無理だと……」

「そうか。して、大工清七の女房のおきくは中年の女だね」

半兵衛は、俯き重い足取りで呉服橋御門に入って行った町方の中年女を思い出した。

「ええ。どうにかなりませんかね。此のままじゃあ、気の毒ですよ」

「そうだねえ……」

半兵衛は頷《うなず》いた。

日本橋川は外濠から大川に流れている。

町方の中年女は、外濠に架かっている呉服橋御門を渡り、夕暮れ時の日本橋川沿いを東に進んだ。

半次と音次郎は尾行《つけ》た。

町方の中年女は、重い足取りで進んで行く。

「親分、野郎……」

音次郎は、中年女の後ろを行く半纏《はんてん》を着た痩《や》せた男を示した。

「ああ。おかみさんを尾行ているようだな」

半次は、痩せた男が呉服橋御門の袂《たもと》から中年女の背後を行くのに気が付いていた。

「ええ……」

音次郎は、喉《のど》を鳴らして頷いた。

中年女は、日本橋の南詰を横切って尚《なお》も進んだ。

痩せた男は、中年女を尾行た。

半次と音次郎は追った。

「おかみさんを尾行ているのに間違いないな」

半次は見定めた。

「はい……」

音次郎は、痩せた男の後ろ姿を見据えて頷いた。

楓川《もみじがわ》に出た中年女は、日本橋川に架かっている江戸橋を渡り、西堀留川《にしほりどめがわ》の荒布橋《あらめばし》を渡った。

そこは照降町《てりふりちょう》の通りであり、北に小舟町三丁目、南に小網町《こあみちょう》一丁目があった。

中年女は、小舟町二丁目に進み、西堀留川に架かっている中ノ橋《なかのはし》の袂の町家の連《つら》なりの路地に入った。

半纏を着た痩せた男は、追って路地に入って行った。

半次と音次郎は、路地の出入口から奥を窺《うかが》った。

半纏を着た痩せた男は、路地の奥の家を窺っていた。

路地の奥の家は、中年女の住まいなのだ。

半次と音次郎は読んだ。

半纏を着た痩せた男は、中年女の家から離れて路地から出て来た。

半次と音次郎は、物陰に隠れた。

半纏を着た痩せた男は、路地から出て来て西堀留川沿いを北に進んだ。

「親分……」

「うむ。何処《どこ》の誰か突き止めろ」

半次は命じた。

「合点《がってん》です。じゃあ……」

音次郎は、半纏を着た痩せた男を追った。

半次は見送り、路地奥の家に進んだ。


路地奥の家には、明かりが灯されていた。

半次は、家の中の様子を窺った。

家の中からは、人の話し声や物音は聞こえなかった。

子供もいない一人暮らしなのか……。

半次は、家の周囲を窺った。

家の周囲に不審な事はなかった。


夕陽は沈み、町は薄暮《はくぼ》に覆《おお》われた。

半纏を着た痩せた男は、日本橋の通りから神田八ツ小路に出た。

音次郎は、慎重に尾行た。

半纏を着た痩せた男は、行き交う人の減った神田八ツ小路を抜け、神田川に架かっている昌平橋《しょうへいばし》を渡った。

音次郎は追った。


「ああ。あの路地の奥の家は、大工の清七さんの家で、おきくさんってかみさんと二人暮らしだよ」

小舟町の自身番《じしんばん》の店番は、町内名簿を見ながら告げた。

「大工の清七さんとおかみさんのおきくさんですかい……」

半次は、町方の中年女の名を知った。

「ええ。清七さん、又《また》何か見たのかい……」

店番は苦笑した。

「えっ。どう云う事ですか……」

半次は、戸惑いを浮かべた。


夜の下谷広小路は閑散としていた。

半纏を着た痩せた男は、上野新黒門町《うえのしんくろもんちょう》の外れにある店に入って行った。

音次郎は見届けた。

店には明かりが灯され、土間の長押《なげし》には〝黒門〟と書かれた提灯《ちょうちん》が並べられていた。

博奕打ちの黒門一家の店だ……。

音次郎は知った。

半纏を着た痩せた男は、黒門一家の博奕打ちなのかもしれない。

音次郎は読んだ。


囲炉裏《いろり》に掛けられた鳥鍋は、湯気を噴き上げて蓋《ふた》を鳴らした。

「おっ、出来たぞ……」

半兵衛は、鳥鍋の蓋を取った。

「此奴《こいつ》は美味《うま》そうだ……」

音次郎は舌舐《したなめず》りをした。

「うん。今日は蛤《はまぐり》も入れた。美味いぞ」

半兵衛は、酒を飲んだ。

「じゃあ旦那。大工の清七さんとおきくさんは、博奕打ちの舎弟の御礼参りを恐れているのですか……」

半次は眉をひそめた。

「うん。護ると約束した大沢さんは病での急死。何をされるか、生きた心地がしないだろうな」

「そうですね……」

半次は頷いた。

「じゃあ、あの半纏を着た黒門一家の博奕打ち、死罪になった博奕打ちの舎弟なんですかね……」

音次郎は、鶏肉や野菜を食べながら訊いた。

「いや。舎弟なら尾行るだけで、何もしない事はあるまい……」

半兵衛は読んだ。

「じゃあ、使いっ走りの三下《さんした》ですか……」

「おそらくな……」

「それにしても、御礼参りを恐れるなんて気の毒な話ですね」

半次は、清七おきく夫婦に同情した。

「うむ。町奉行所の同心としては、申し訳ない限りだ……」

半兵衛は眉をひそめた。

囲炉裏の火は燃えた。


翌朝。

西堀留川の流れは澱《よど》んでいた。

半兵衛は、半次と音次郎を伴って小舟町二丁目の清七おきく夫婦の家に向かった。

半兵衛は、半次や音次郎と手分けして清七おきく夫婦の家の周囲を検《あらた》めた。

清七おきく夫婦の家の周囲には、不審な者も変わった処《ところ》もなかった。

「よし。音次郎は外を見張っていてくれ。私と半次は、清七とおきくに逢って来る」

「合点です」

音次郎は頷いた。

半兵衛は、半次と路地奥の清七おきくの家に向かった。

半次は、腰高障子を叩いた。

「はい。何方《どなた》ですか……」

家の中から、おきくの探るような声が聞こえた。

「北町奉行所の者だ……」

半兵衛は告げた。

腰高障子が僅《わず》かに開き、中年女が警戒するように顔を僅かに見せた。

半兵衛と半次は、腰高障子を開けて素早く入った。


おきくは後退《あとずさ》りした。

半次は、腰高障子を後ろ手に閉めた。

「おきくだね」

半兵衛は笑い掛けた。

「え、ええ……」

おきくは、警戒するように頷いた。

「私は北町奉行所臨時廻り同心の白縫半兵衛。こっちは岡っ引の半次だ」

半兵衛は告げた。

「はい……」

「清七はいるか……」

「いいえ。おりません……」

「いない……」

半兵衛は眉をひそめた。

「はい……」

おきくは、半兵衛を睨《にら》み付けて頷いた。

「おきくさん。まさか、黒門一家の博奕打ちが……」

半次は尋ねた。

「違います。清七は身を隠したんです」

おきくは告げた。

「身を隠した……」

「北町奉行所が何もしてくれないから、誰も護っても助けてもくれないから、身を隠したんです」

おきくは、涙声を震わせた。

「おきく……」

「あんなに約束したのに。御礼参りなんかさせない、必ず護るって約束したのに。大沢さまが死んだら、何も知らない、約束なんか知らない、何かが起らないと出張れないなんて。清七が死ぬか、怪我をする迄《まで》、何も出来ないなんて、酷《ひど》すぎる……」

おきくは啜《すす》り泣いた。

「それで、清七は身を隠したのか……」

「北町奉行所が何もしてくれないから、お役人さまたちが何もしてくれないから、仕方がないんです。違いますか……」

おきくは、半兵衛に訴えた。

「おきくさん、半兵衛の旦那はそんな人じゃない。約束は守るし、助けてもくれる……」

「半次……」

半兵衛は遮《さえぎ》った。

「旦那……」

「おきくが北町奉行所や役人を恨《うら》み、信じられない気持ちは良く分かる。先《ま》ずはおきくに信じて貰うしかあるまい」

「ですが……」

「おきく、聞きたい事がある」

「はい……」

「清七は、本当に安全な処に身を隠しているんだろうな」

半兵衛は、おきくを見据えて尋ねた。

「は、はい……」

おきくは頷いた。

「よし、それなら良い。して、清七が証言して死罪になった博奕打ちの舎弟、何て奴なのか教えてくれ」

「博奕打ちの伊之助《いのすけ》って奴です」

「伊之助……」

「はい。如何様《いかさま》に気が付いたお店の旦那さまを殺した伊太郎《いたろう》って博奕打ちの弟だそうです」

おきくは告げた。

「よし……」

半兵衛は頷いた。

西堀留川の流れは緩《ゆる》やかであり、中ノ橋に佇《たたず》む半兵衛と半次の姿が映った。

「半次、私たちの役目は悪人を捕らえる事だが、それ以上に弱い者を護る事だ……」

半兵衛は苦笑した。

「旦那……」

「半次、おきくは必ず隠れている清七の処に行くだろう。音次郎と用心棒を兼ねておきくを見張り、清七の隠れている場所を突き止めてくれ」

半兵衛は命じた。

「承知しました。で、旦那は……」

「私は、新黒門町の黒門一家に行ってみるよ」

「博奕打ちの伊之助ですか……」

半次は読んだ。

「うん。斬り棄てるにしろ、お縄にするにしろ、先ずはどんな奴かだ……」

半兵衛は笑った。

下谷広小路は、東叡山寛永寺や不忍池弁財天の参拝客で賑《にぎ》わっていた。

上野新黒門町は下谷広小路に近く、博奕打ちの黒門一家は外れにあった。

半兵衛は、下谷広小路の雑踏《ざっとう》から黒門一家を眺《なが》めた。

「半兵衛の旦那……」

しゃぼん玉売りの由松《よしまつ》が現れた。

「やあ。由松かい……」

半兵衛は小さく笑った。

しゃぼん玉売りの由松は、岡っ引の柳橋の弥平次の身内の一人であり、腕利《うでき》きの手先だった。

「半次の親分と音次郎は……」

「うん。他に大事な用があってね」

「そうですか。黒門一家に用があるなら、お供しますぜ」

由松は、黒門一家の店を鋭く一瞥《いちべつ》した。

「そいつはありがたい……」

「いいえ……」

「由松。伊之助って博奕打ちを知っているかな……」

「伊之助ですか……」

由松は首を捻《ひね》った。

「ああ。半年前に如何様博奕に気が付いたお店の旦那を殺して死罪になった……」

「伊太郎ですか……」

由松は、博奕打ちの伊太郎の旦那殺しを知っていた。

「うん。伊之助は伊太郎の舎弟だ……」

「それはそれは……」

由松は苦笑した。

「で、その伊之助が、お店の旦那を殺したと証言した大工と女房に御礼参りをしようとしているようでね」

「そいつは、放って置けませんね」

由松は眉をひそめた。

「うん。で、黒門一家と拘《かか》わりがあるってんで来てみたのだ……」

「そうですか。じゃあ……」

由松は、半兵衛と黒門一家の店に向かった。

「邪魔するぜ……」

由松は、黒門一家の店土間《みせどま》に入った。

半兵衛は続いた。

「なんだい……」

店土間にいた二人の三下が、巻羽織《まきばおり》の半兵衛を見て怯《ひる》んだ。

「此処《ここ》に博奕打ちの伊之助はいるかい……」

由松は尋ねた。

「えっ……」

二人の三下は、戸惑いを浮かべた。

「伊之助、いるのか、いないのか……」

由松は凄《すご》んだ。

「こりゃあ旦那……」

肥《ふと》った初老の男が、奥から框《かまち》に出て来た。

「お前が黒門の長兵衛《ちょうべえ》か……」

「はい。旦那は……」

長兵衛は、肉付きの良い頬を緩めて笑った。

「北町奉行所の白縫半兵衛だ。博奕打ちの伊之助がいるなら呼んで貰おう」

半兵衛は、長兵衛を見据えた。

「白縫の旦那。博奕打ちの伊之助、確かにおりましたが、今はおりませんぜ」

長兵衛は、微《かす》かな嘲《あざけ》りを浮かべた。

「長兵衛、その場凌《しの》ぎの嘘偽《うそいつわ》りを云うと、只《ただ》じゃあ済まないよ」

「旦那、そんな……」

長兵衛は、誤魔化《ごまか》すように笑った。

「長兵衛、お上《かみ》を嘗《な》めるんじゃあない」

半兵衛は、僅かに身を沈めた。

刀が閃光《せんこう》となり、鞘《さや》に納まった。

長兵衛は、着物の胸元が斬られているのに気が付き、恐怖に衝《つ》き上《あ》げられた。

「伊之助に拘わると、次は首が飛ぶよ」

半兵衛は、笑顔で云い放った。

二

黒門一家から三下が現れ、店先の掃除を始めた。

路地から現れた由松は、三下の背後に忍び寄って首に腕を巻いた。

三下は驚き、仰《の》け反《ぞ》った。

由松は、三下を素早く路地に連れ込んだ。


路地には半兵衛がいた。

「大人しくしな。お前を消すのは造作もねえ事だ……」

由松は囁《ささや》いた。

三下は、恐怖に震えた。

「伊之助は何処にいる……」

半兵衛は尋ねた。

「わ、分かりません……」

「分からない……」

「はい……」

「じゃあ、誰が伊之助と繋《つな》ぎを取っている」

「博奕打ちの万吉《まんきち》の兄貴です」

「博奕打ちの万吉……」

「どんな奴だ……」

「派手な半纏を着た痩せた人です……」

三下は告げた。

「あいつか……」

由松は、黒門一家から出て行く派手な半纏を着た痩せた男を示した。

「ええ、そうです。万吉の兄貴です……」

三下は頷いた。

「よし。此の事は他言無用。良いな」

半兵衛は、三下に厳しく命じた。


下谷広小路は賑わっていた。

派手な半纏を着た痩せた万吉は、下谷広小路の雑踏を抜けて山下《やました》に向かった。

半兵衛と由松は追った。

「行き先は入谷《いりや》かな……」

半兵衛は読んだ。

「はい。きっと入谷にある黒門一家の賭場《とば》だと思います」

由松は告げた。

万吉は、山下から奥州街道裏道に進んだ。

半兵衛と由松は追った。


小舟町二丁目の家並みには、行商の物売りの声が長閑《のどか》に響いていた。

清七とおきくの家のある路地の前の通りには、様々な人が行き交っていた。

半次と音次郎は、おきくの動きと不審な者が現れるのを見張っていた。

路地奥の家からおきくが現れ、警戒するように周囲を見廻した。

「音次郎……」

「出掛けるのかもしれませんね」

音次郎は読んだ。

「うん。ひょっとしたら、清七さんの処かもしれないな……」

半次は睨んだ。

おきくは、風呂敷包みを抱えて足早に路地から出て来た。そして、辺りを気にしながら西堀留川に架かっている中ノ橋ではなく、反対側の東堀留川に足早に向かった。

「音次郎、俺は面が割れている。先に行け」

半次は命じた。

「合点です」

音次郎は、半次の前に出た。

おきくは、東堀留川に架かっている和國橋《わくにばし》を渡った。

音次郎は尾行た。

和國橋の袂にいた二人の男が、おきくと音次郎に続いた。

伊之助の一味……。

半次は気が付いた。

おきくを油断させて家の周囲ではなく、離れた中ノ橋や和國橋など遠巻きにして見張っていたのだ。そして、おきくに清七の処に案内させる企《たくら》みなのだ。

狡猾《こうかつ》な奴らだ。

半次は苦笑した。

和國橋を渡ったおきくは、足早に人形町《にんぎようちよう》に進んだ。

音次郎は尾行た。

そして、二人の男が続いた。

いつ迄も追わせておけない……。

追わせれば追わせる程、隠れている清七に近付ける。

半次は、二人の男を追い払う手立てを思案した。

面倒だ……。

半次は、二人の男に追《お》い縋《すが》った。

「待ちな……」

半次は呼び止めた。

二人の男は、立ち止まって振り返った。

「手前ら、人を脅しているそうだな。ちょいと面《つら》を貸して貰おうか……」

半次は、懐《ふところ》の十手《じつて》を見せた。

「えっ。あっしたちは何も。おい……」

年嵩《としかさ》の男は、若い男におきくを追えと目配《めくば》せをした。

若い男は頷き、おきくを追い掛けようとした。

「動くんじゃあねえ」

半次は、追い掛けようとした若い男の襟首《えりくび》を摑んで引き倒した。

若い男は倒れ、土埃《つちぼこり》を舞い上げた。

「野郎……」

年嵩の男は、半次に殴り掛かった。

半次は、十手を唸《うな》らせた。

年嵩の男は、血を飛ばして倒れた。

半次は、呼《よ》び子笛《こぶえ》を吹き鳴らした。


おきくは、人形町を過ぎて浜町堀《はまちようぼり》に進んだ。

音次郎は尾行た。

呼び子笛が背後で鳴っていた。

何かあったのか……。

音次郎は、振り返りながらおきくを尾行た。

おきくは、元浜町を足早に抜けた。

浜町堀には櫓《ろ》の軋《きし》みが響いていた。
おきくは、浜町堀に架かっている千鳥橋《ちどりばし》を渡り、橘町《たちばなちょう》に進んだ。
音次郎は尾行た。
此のまま尚も進むと、小さな武家屋敷街があり、両国広小路《りょうごくひろこうじ》になる。
両国広小路は、浅草や本所《ほんじょ》に続いている。
何《いず》れにしろ、おきくは清七の処に行こうとしているのだ。
おきくは進んだ。
音次郎は、おきくを尾行しながら後ろから来る筈《はず》の半次を捜した。
だが、半次の姿は見えなかった。
さっきの呼び子笛の音と拘わりがあるのか……。
とにかく、おきくの行き先を突き止めるのだ。
音次郎は追った。
やがて、両国広小路の騒《ざわ》めきが聞こえて来た。
陽は大きく西に傾いた。

入谷鬼子母神《きしもじん》の銀杏《いちょう》の大木は、梢《こずえ》を微風《そよかぜ》に鳴らしていた。

派手な半纏を着た万吉は、鬼子母神の裏手を進んで小さな古寺に入った。

半兵衛と由松は見届けた。

「此の寺に賭場があるんですぜ」

由松は睨んだ。

「うん。で、伊之助がいるかだな」

半兵衛は、小さな古寺を眺めた。

「賭場が開帳したら潜り込んでみますか……」

由松は告げた。

「うむ……」

半兵衛は頷いた。


夕暮れ時、大川の流れは西日に輝いた。

両国広小路は訪れる者も減り、賑わいは消え始めていた。

おきくは、両国広小路を南に進み、薬研堀《やげんぼり》に出た。

清七の隠れている処は近い……。

おきくは、薬研堀沿いの道に曲がった。

そして、薬研堀の前にある雨戸を閉めた小さな店の前に立った。

おきくは、緊張した面持ちで辺りを見廻し、不審のないのを見定めて素早く裏に続く路地に入った。

音次郎は路地に走り、覗いた。


おきくは、小さな店の裏の板戸を小さく叩いていた。

板戸が開き、おきくは小さな店に入り込んで行った。

音次郎は見届けた。

おきくの亭主大工の清七は、此の雨戸を閉めた小さな店に隠れているのかもしれない。

音次郎は、路地を進んで板戸を静かに開けようとした。だが、板戸には鍵が掛けられているのか開かなかった。

音次郎は、板戸に耳を付けて家の中の様子を窺った。だが、家の中からは人の声も物音も聞こえなかった。

音次郎は路地を出た。

薬研堀は大川に続いており、元柳橋《もとやなぎばし》が架かっている。

音次郎は、元柳橋に佇んで雨戸を閉めている小さな店を眺めた。

板戸を開けておきくを招き入れたのは、清七なのか……。

音次郎は読んだ。

そして、通り掛かった酒屋の手代《てだい》を呼び止め、懐の十手を見せた。

「ちょいと尋ねるが、あの雨戸を閉めた店はどんな店なのかな……」

「ああ、あの店は小間物屋《こまものや》さんでしてね。今度、建て直すので今は空き家ですよ」

手代は、雨戸を閉めた小さな店を見ながら告げた。

「空き家……」

音次郎は眉をひそめた。

「ええ。もうそろそろ取り壊して建て直すので、大工も決まっていると、聞いていますよ」

「そうですかい……」

おそらく、建て直す大工は清七なのだ……。

音次郎は睨んだ。

清七は、自分が建て直す空き家に隠れ暮らしているのだ。

音次郎は、薬研堀の周辺を窺った。

博奕打ちの伊之助と拘わりのありそうな者はいなかった。

清七の隠れ場所は、未だ伊之助には知られていない。

音次郎は見定めた。

半次は、追って来なかった。

やはり、あの呼び子笛は、親分が来られない事に拘わりがあったのだ……。

音次郎は気が付いた。

夕陽に照らされた薬研堀には、繋がれた猪牙舟《ちよきぶね》が揺れた。


半次は、長谷川町《はせがわちよう》の木戸番に手伝って貰い二人の男を茅場町《かやばちよう》の大番屋《おおばんや》に叩き込んだ。そして、厳しく問《と》い質《ただ》した。

二人の男は、博奕打ちの伊之助に雇われておきくを見張っていたのを白状した。

「で、伊之助は手前たちの他にも人を雇って大工の清七を捜しているんだな」

半次は念を押した。

「へい……」

「他には、どんな奴がいるんだ」

「博奕打ちは勿論《もちろん》、浪人や遊び人です。清七を見付け出して嬲《なぶ》り殺《ごろ》しにし、兄貴の伊太郎の恨みを晴らしてやると……」

二人の男は告げた。

「人を殺した伊太郎の悪事を棚に上げて、何が恨みを晴らすだ。で、伊之助の野郎、今は何処にいるんだ」

「さあな。黒門一家の賭場で逢うが、塒《ねぐら》は知らねえ……」

「黒門一家の賭場か……」

半次は、博奕打ちの伊之助が他人を使って巧妙に立ち廻っているのを知った。


小さな古寺の山門《さんもん》には三下が立ち、お店の旦那風の初老の男や浪人などの賭博の客が出入りし始めた。

半兵衛は、巻羽織を脱いで由松と共に小さな古寺の横手の土塀を乗り越えた。

そして、三下に誘《いざな》われる客に混じって賭場に潜り込んだ。

賭場は、盆茣蓙《ぼんござ》を囲む客たちの熱気と煙草の煙に満ちていた。

半兵衛と由松は、博奕打ちや客たちを見廻した。

胴元《どうもと》の座には黒門一家の代貸《だいがし》が座り、万吉は客の世話をしていた。

「いるんですかね、伊之助……」

由松は眉をひそめた。

「さあて、万吉と話し込む奴を見定めるしかあるまい。由松、此で遊びながら見張ってくれ……」

半兵衛は、由松に金を渡した。

「旦那、倍に出来たら良いんですがね」

由松は笑い、金を駒に換えに行った。

半兵衛は隣室に入り、用意された茶碗酒を飲みながら三下に尋ねた。

「伊之助、来ているかな……」

「いえ、伊之助さん、今夜は未だ来ちゃあいませんね」

三下は、辺りを見廻して告げた。

「そうか……」

半兵衛は、酒を啜った。
薬研堀に月影が揺れた。
おきくが、雨戸を閉めた小さな店の裏手から出て来た。
音次郎は、元柳橋の袂から見守った。
おきくは、雨戸を閉めた小さな店を心配げに一瞥し、来た道を足早に戻り始めた。
音次郎は迷った。
小さな店に清七がいるのを見定めるか、おきくが無事に帰るのを見届けるか……。
迷いは短かった。
清七が隠れているのを見定めるのは、おきくが無事に帰るのを見届けてからだ。
音次郎は、おきくを追った。
おきくは、小舟町二丁目の路地奥の家に帰った。

音次郎は見送った。

「音次郎……」

半次が、暗がりから現れた。

「親分……」

音次郎は、半次に駆け寄った。

「どうしたんですか……」

音次郎は尋ねた。

「和國橋から博奕打ちが二人、おきくさんとお前の後を追ってな」

「えっ……」

「それで、片付けて大番屋に叩き込んでいたら手間取ってな」

「そうでしたか……」

「で、おきくさんの行き先、見届けたか……」

「はい。薬研堀の傍の建て替え間近の小間物屋の空き家に行きました」

「建て替え間近の小間物屋の空き家……」

「ええ。大工の清七、おそらくそこに隠れていますよ」

音次郎は報せた。

「そうか、良くやった。御苦労だったな」

半次は、音次郎を労《ねぎら》った。

「いえ。で、どうします」

「うん。薬研堀に行ってみよう」

「合点です」

半次と音次郎は、薬研堀に向かった。

西堀留川に映えていた月影は、雲間に消えた。


黒門一家の賭場には、欲と焦《あせ》りが渦巻《うずま》いていた。

由松は、勝ちもしなければ負けもしないで盆茣蓙を離れた。

「現れませんね、伊之助……」

「うん。今夜は来ないのかもしれないね」

半兵衛は睨み、由松に茶碗酒を差し出した。

「此奴は畏れ入ります……」

由松は、茶碗酒を飲んだ。

三下が万吉に近寄り、何事かを囁いた。

万吉は頷き、代貸に何事かを告げて賭場から出て行った。

「旦那……」

由松は眉をひそめた。

「うん。追うよ……」

半兵衛と由松は、万吉に続いて賭場から出た。


半兵衛と由松は、小さな古寺の山門を出た。

万吉が鬼子母神に向かって行くのが見えた。

「旦那……」

由松は、万吉を追った。

半兵衛は続いた。

万吉は、鬼子母神の横手の道を正面に曲がった。

刹那《せつな》、男の悲鳴が上がった。

「由松……」

「はい……」

半兵衛と由松は走った。

半兵衛と由松は、鬼子母神の横手から正面に走り出た。

万吉が倒れていた。

半兵衛は倒れている万吉に駆け寄り、由松は周囲に人影を探した。

「おい……」

半兵衛は、倒れている万吉を揺り動かした。

万吉は、腹から血を流して苦しそうに呻《うめ》いた。

「万吉、誰にやられた……」

半兵衛は尋ねた。

「い、い……」

万吉は、激痛に顔を歪《ゆが》めて必死に何かを云おうとした……。

「伊之助か……」

半兵衛は訊いた。

万吉は、頷くように顔を動かしながら絶命した。

半兵衛は、万吉の死を見届けた。

「旦那……」

由松が、駆け寄って来た。

「どうだ……」

「万吉を殺《や》ったと思える奴は、何処にもいませんぜ」

由松は、腹立たしげに告げた。

「そうか……」

「伊之助の仕業《しわざ》ですかね」

「うん。雇われた奴かもしれないが、伊之助、万吉が眼を付けられたのに気が付き、口を封じたのだろう」

半兵衛は読んだ。

「伊之助の野郎、油断のならねえ冷酷な外道《げどう》ですね」

由松は眉をひそめた。

「うむ……」

半兵衛は、厳しさを滲《にじ》ませた。

三

夜の大川の流れには、行き交う船の明かりが映えていた。

「あの家ですぜ……」

音次郎は、薬研堀沿いにある雨戸を閉めている小さな店を示した。

「よし。清七さんが隠れているかどうか、探ってみよう」

半次は、雨戸を閉めている小さな店に近付いた。

音次郎は続いた。

半次は、閉められた雨戸の隙間から中の様子を窺った。

隙間から見える店の中は暗く、何も見えなかった。

半次は、裏手に続く路地に入った。

「奥に裏口の板戸があります……」

音次郎は囁いた。

「うん……」

半次は頷き、路地奥に進んで板戸を引いた。

板戸は開かなかった。

半次は、板戸に耳を寄せて中を窺った。

中からは物音一つ聞こえなかった。

半次と音次郎は、小さな店の周囲を廻って薬研堀に架かっている元柳橋に戻った。

「微かな明かりもなければ、物音もしないいな」

「清七さん、いないんですかね……」

音次郎は、不安を過《よ》ぎらせた。

「いや。おきくさんを招き入れたのは、清七さんに間違いないだろう」

半次は読んだ。

「じゃあ……」

「清七さんは隠れている……」

半次は、夜の闇に沈んでいる小さな店を見詰めた。


「薬研堀の傍の空き家か……」

半兵衛は、小さな笑みを浮かべた。

「はい。昨日、おきくさんが秘かに訪れましてね。音次郎が追って突き止め、今は見張っています」

半次は報せた。

「そうか、良くやったね」

半兵衛は頷いた。

「いえ。で、伊之助の方は……」

「偶々《たまたま》行き逢わせた由松に手伝って貰い、手足になって動いている博奕打ちの万吉を見張っていたんだが、伊之助が気が付き、口を封じた」

「じゃあ……」

「うん。万吉は殺された」

「やっぱり、逆恨《さかうら》みの外道。情け容赦《ようしゃ》のない野郎ですね」

「ああ。よし、薬研堀に行ってみよう」

半兵衛は、半次と共に薬研堀の小さな店に向かった。


薬研堀に繋がれた舟は揺れていた。

音次郎は、元柳橋の袂から薬研堀沿いの小さな店を見張っていた。

「音次郎……」

半兵衛と半次がやって来た。

「旦那、親分……」

音次郎は迎えた。

「どうだ……」

「一歩も出て来ません」

「じゃあ、いるのだな……」

半兵衛は、雨戸を閉めた小さな家を眺めた。

「はい。踏み込んで身柄を押さえますか……」

音次郎は張り切った。

「いや。清七は何の罪も犯していない、寧《むし》ろ被害者だ。脅かすような真似はしたくない」

「じゃあ、どうします」

半次は眉をひそめた。

「女房のおきくに話をして、出て来るように説得して貰うさ」

半兵衛は決めた。

「おきくさんですか……」

「うん。半次、此処は私が見張る。音次郎とおきくを連れて来てくれ」

半兵衛は命じた。

「承知しました。音次郎……」

「はい……」

半次と音次郎は、小舟町二丁目の清七おきく夫婦の家に向かった。

半兵衛は見送り、雨戸を閉めた小さな店を見詰めた。

風が吹き抜け、薬研堀に繋がれた舟が大きく揺れた。


小舟町二丁目の路地奥の家は、物音一つしなく静寂に覆われていた。

おきくは、棒台《ぼうだい》を前にして飾《かざ》り結《むす》び作りの内職に精を出していた。

腰高障子に人影が映った。

おきくは、腰高障子を見た。

刹那《せつな》、腰高障子が乱暴に開けられ、浪人と遊び人が踏み込んで来た。

おきくは、恐怖に立《た》ち竦《すく》んだ。

浪人は、おきくに当て身を喰らわせた。

おきくは、悲鳴を上げる間もなく気を失って崩れ落ちた。


半次と音次郎は、東堀留川に架かっている和國橋を渡り、堀江町《ほりえちょう》一丁目と二丁目の間の道を小舟町に進んだ。

浪人と遊び人が脇に付いた町駕籠《まちかご》が前からやって来て擦れ違って行った。

半次と音次郎は、清七とおきく夫婦の家に急いだ。そして路地に入り、奥の清七おきく夫婦の家に向かった。


清七とおきく夫婦の家の腰高障子は、僅かに開いていた。

「音次郎……」

半次は緊張した。

音次郎は、慌てて腰高障子を開けた。

家の中には、出来上がった様々な飾り結びが散乱していた。

「おきくさん……」

半次は焦った。

「おきくさん……」

音次郎は、家の中におきくを捜した。

半次は、棒台の先に付けられた結び文に気が付き、抜き取って開いた。

結び文には、『おきくを助けたければ、今日の暮六つ（午後六時）、浅草橋場町《ちょう》の幸念寺《こうねんじ》に一人で来い』と書かれていた。

「親分……」

音次郎が近寄って来た。

半次は、音次郎に結び文を渡した。

「えっ……」

音次郎は戸惑い、結び文を読み始めた。

「くそっ……」

半次は、遅かったのを悔やんだ。


「そうか。おきくが拐《かどわ》かされたか……」

半兵衛は、結び文を読み終えた。

「はい。あっしたちがもう少し早く行っていれば……」

半次は悔やんだ。

「おきくさん、きっと擦れ違った町駕籠に乗せられていたんですよ」

音次郎は睨んだ。

「ああ。で、どうします」

半次は、半兵衛の指示を仰いだ。

「先ずはおきくを無事に取り戻す」

半兵衛は告げた。

「はい……」

半次は頷いた。

「でも、どうやって……」

音次郎は眉をひそめた。

「清七に浅草橋場町の幸念寺に行って貰うしかあるまい」

「はい……」

「半次、柳橋に走り、弥平次の親分に人数を借りて橋場町に行け。私は清七に逢う……」

半兵衛は、厳しい面持ちで雨戸を閉めた小さな店を見詰めた。

半兵衛は、小柄《こづか》を使って裏の板戸の掛金《かけがね》を外した。

板戸は開いた。

半兵衛は、板戸を静かに開け、素早く忍び込んだ。

店から続く土間は暗く、冷ややかだった。

半兵衛は、台所の板の間に上がった。

突き当たりの居間の障子に人影が過《よ》ぎった。

「清七、私は北町奉行所の白縫半兵衛だ」

半兵衛は居間に告げた。

居間の人影は動かなかった。

「女房のおきくが伊之助に拐かされた」

半兵衛は、構わず告げた。

「おきくが拐かされた……」

障子が開き、無精髭《ぶしょうひげ》の男が現れた。

「大工の清七だね……」

半兵衛は念を押した。

「はい。白縫さま、おきくが拐かされたのは本当ですか……」

清七は、厳しい面持ちで訊いて来た。

「うむ。おきくが家から姿を消し、結び文が残されていた」

半兵衛は、清七に結び文を差し出した。

清七は、結び文を読んで顔色を変えた。

「おきく……」

「清七、おきくを無事に取り戻す為には、もう隠れてはいられないよ」

半兵衛は告げた。

「白縫さま、助けて下さい。おきくを助けてやって下さい。あっしはもう隠れはしません。何でもします。どうなっても構いません。お願いにございます、おきくを助けてやって下さい……」

清七は、その場に座り、必死の面持ちで半兵衛に両手を突いて頭を下げた。

「手をあげな、清七……」

「白縫さま……」

「云われる迄もなく、おきくは必ず無事に助けるよ」

「ありがとうございます」

「礼はおきくを無事に助け出してからだ」

半兵衛は笑った。

「はい。宜しくお願いします」

「うむ。それにしても清七、いろいろ済まなかったね。大沢さんの約束、此の白縫半兵衛が果たさせて貰うよ」

半兵衛は、清七に頭を下げて詫《わ》びた。

「白縫さま……」

清七は、戸惑った面持ちで半兵衛を見詰めた。

「さあ。おきくを助けに行こう……」

半兵衛は笑い掛けた。


神田川は柳橋から大川に流れ込んでいる。

船宿『笹舟』は、大川からの微風に暖簾《のれん》を揺らしていた。

半次は、柳橋の弥平次に逢い、事の次第を話して助っ人を頼んだ。

「清七の女房のおきくが拐かされたか……」

弥平次は眉をひそめた。

「はい。弥平次の親分……」

「うん。経緯《いきさつ》は由松から聞いている」

「そうですか……」

「で、知らん顔の旦那が亡くなった大沢の旦那に代わって約束を果たそうって訳だ……」

弥平次は、小さな笑みを浮かべた。

「はい。それで、半兵衛の旦那が、おきくさんを無事に助ける為に人数を貸して欲しいと。お願い出来ますか……」

半次は頼んだ。

「勿論だ。俺もお手伝いさせて貰うよ」

弥平次は告げた。

「弥平次の親分も……」

「ああ。本湊の、此処で清七やおきくの身に何かあったら町奉行所の御威光は地に落ち、俺たちの探索に力を貸してくれる人たちはいなくなる」

弥平次は、厳しい面持ちで告げた。

「ありがとうございます」

「なあに、礼には及ばない。幸吉《こうきち》、みんなを呼び、雲海坊に橋場町の幸念寺を探らせな」

弥平次は、傍らに控えていた下っ引の幸吉に命じた。

「承知しました」

幸吉は、素早く居間から出て行った。

「本湊の、半兵衛の旦那らしいな……」

弥平次は笑った。

「はい……」

半次は苦笑した。


客を乗せた渡し船は、橋場町の渡し場から隅田川《すみだがわ》を横切り、向島《むこうじま》に向かって行った。

浅草橋場町の渡し場の傍に幸念寺はあった。

幸念寺は真言宗の小さな古寺であり、山門は傾き、境内は手入れもされず荒れていた。

托鉢坊主の雲海坊は、傾いた山門を潜って境内に入り、辺りを見廻した。

古い本堂、方丈《ほうじょう》、庫裏《くり》、建物の軒下には雑草が伸びていた。

外に人影はない。

おそらく、本堂に潜んで警戒しているのだ。

雲海坊は、本堂に向かって経を短く読んで奥の庫裏に向かった。そして、庫裏の腰高障子を叩いた。

「誰だい……」

庫裏の中から男の警戒した声がした。

「旅の雲水《うんすい》だが……」

雲海坊は告げた。

庫裏の腰高障子が開き、半纏を着た男が顔を出した。

「やあ……」

雲海坊は、古びた饅頭笠《まんじゅうがさ》を脱いで笑い掛けた。

「なんだい……」

半纏を着た男は、雲海坊に迷惑そうな眼を向けた。

「ちょいと井戸端を借りたいのだが……」

「そいつは構わねえが、さっさと済ましてくれよ」

半纏を着た男は、そう云って腰高障子を閉めた。

雲海坊は苦笑し、井戸端に行って手足を洗い、庫裏の裏手に廻って窓から中を覗いた。

庫裏の中には半纏を着た男がおり、囲炉裏端で中年の坊主が茶碗酒を飲んでいた。

雲海坊は苦笑した。

半次は、幸吉や由松と幸念寺の周辺に聞き込みを掛けた。

幸念寺は、住職が酒浸《さけびた》りの生臭坊主《なまぐさぼうず》で檀家《だんか》は離れ、寺男も逃げ出した寺だった。

「それで、酒代欲しさに寺を博奕打ちに貸して寺銭《てらせん》を稼いでいるそうですぜ」

幸吉は、呆れ顔で半次に報せた。

「生臭坊主、今度も金欲しさに伊之助に貸しているんですぜ」

由松は、腹立たしげに告げた。

「酷い住職だな。それにしても、幸念寺に伊之助の他に何人いるかだな」

半次は眉をひそめた。

「ええ。伊之助の野郎、食詰《くいつ》め浪人や半端な博奕打ちを雇っているんでしょうね」

由松は読んだ。

「ま、そいつは雲海坊が見定めて来るさ……」

幸吉は、冷笑を浮かべた。

雲海坊は、井戸端で握り飯を食べ始めた。

「何してるんだ……」

半纏を着た男が、庫裏から出て来た。

「何って、御覧の通り、握り飯を食べている」

雲海坊は笑った。

「何だと……」

半纏を着た男は凄《すご》んだ。

本堂から二人の浪人が出て来た。

「どうした。市松《いちまつ》……」

痩せた浪人は、半纏を着た男を市松と呼んだ。

「此の糞坊主が、さっさと出て行かねえんで……」

市松は、腹立たしげに告げた。

「何を申す。拙僧《せっそう》は井戸端を借りると申した筈だ。仏さまに仕える我らは、助け合い、支え合うのが道理。井戸端を借りて何が悪い」

雲海坊は、握り飯を食べ続けた。

「黙れ坊主。減らず口を叩かず、さっさと出て行け」

小肥りの浪人が怒鳴った。

「おぬしのような浪人に云われる筋合いはない。当寺の御住職に逢わせて頂こう……」

雲海坊は云い返した。

「好《い》い加減にしな……」

庫裏から背の高い男が、遊び人を従えて出て来た。

「伊之助の兄貴……」

市松は、背の高い男を伊之助と呼んだ。

伊之助……。

雲海坊は見定めた。

「坊主。此奴は御布施《おふせ》だ。さっさと美味い物でも食いに行きな」

伊之助は嘲笑《ちょうしょう》を浮かべ、雲海坊の頭陀袋《ずだぶくろ》に一朱銀を入れた。

「此は此は、御奇特な。南無大師遍昭金剛《なむだいしへんじょうこんごう》。お邪魔をしたな……」

雲海坊は、素早く握り飯を片付け、経を読みながら幸念寺から出て行った。

「糞坊主……」

市松は吐き棄てた。

雲海坊は、一段と声を張り上げて経を読み、傾いた山門から出て行った。

四

幸念寺を出た雲海坊は、経を読むのを止めて橋場町の渡し場に急いだ。

橋場町の渡し場には、半次、幸吉、由松がいた。

「此奴は半次の親分……」

雲海坊は、笑顔で会釈をした。

「造作を掛けるな、雲海坊……」

半次は労った。

「いいえ。どうって事はありませんぜ」

雲海坊は笑った。

「で、どうだった……」

幸吉は促した。

「うん。いたぜ、伊之助の野郎……」

雲海坊は笑った。

「いましたかい。他には……」

由松は訊いた。

「痩せた浪人と小肥りの浪人。市松って遊び人ともう一人……」

「伊之助を入れて五人か……」

半次は、人数を知った。

「ええ。あっしの見た限りでは……」

雲海坊は頷いた。

勇次《ゆうじ》の漕《こ》ぐ猪牙舟が船着場《ふなつきば》に着き、弥平次が降り立った。

「柳橋の親分……」

半次、幸吉、雲海坊、由松は迎えた。

「御苦労だな、みんな。で、本湊の、どうなっている……」

弥平次は、半次に訊いた。

「雲海坊の調べでは、幸念寺には伊之助の他に浪人が二人に遊び人が二人の都合五人。おきくさんもいるでしょう」

半次は告げた。

「そうか。よし、本湊の、遠慮は無用だ。手配りをしてくれ」

弥平次は、半次に采配《さいはい》を任せた。

「はい。じゃあ、幸吉と由松は裏を頼む」

半次は命じた。

「承知……」

幸吉と由松は、幸念寺の裏手に走った。

「親分、半次の親分、半兵衛の旦那ですぜ」

勇次が告げた。

半兵衛が音次郎と清七を伴い、浅草広小路の方からやって来た。

「やあ。柳橋の、みんな……」

半兵衛は、弥平次、雲海坊、勇次に会釈をした。

「半兵衛の旦那、お手伝いさせて頂きますよ」

弥平次は、笑みを浮かべて腰を僅かに屈《かが》めた。

「宜しく頼むよ。こっちが大工の清七だ」

半兵衛は、清七を引き合わせた。

「清七です。どうか、どうか、おきくを助けてやって下さい。お願いします」

清七は、深々と頭を下げた。

陽は西に大きく傾き、橋場町の寺々の甍《いらか》を照らした。


暮六つの鐘は、浅草橋場町の寺町に幾重にも鳴り響いた。

清七は、幸念寺の傾いた山門を潜って境内に進んだ。

「良く来たな、清七……」

本堂の扉が開いた。

清七は緊張した。

伊之助が、二人の浪人を従えて本堂から出て来た。

「おきくは、おきくは無事か……」

清七は、必死の面持ちで訊いた。

「ああ、無事だぜ……」

伊之助は、嘲笑を浮かべた。

「じゃあ何処だ。おきくは何処にいる……」

清七は怒鳴った。

「此処にいるぜ……」

市松と遊び人の二人が、おきくを連れて庫裏から出て来た。

「おきく……」

清七は、思わず叫んだ。

「逃げて、逃げて、お前さん……」

おきくは、涙声で叫んだ。

「おきく……」

清七は、おきくに駆け寄ろうとした。

小肥りの浪人が、素早く動いて清七の行く手を塞《ふさ》いだ。

清七は怯んだ。

「清七、よくも兄貴の伊太郎を死なせてくれたな。此からたっぷり礼をさせて貰うぜ」

伊之助は、残忍な笑みを浮かべた。

痩せた浪人は、本堂の階《きざはし》を下り始めた。

小肥りの浪人は、清七に迫った。

「逃げて、お前さん、早く逃げて……」

おきくは、市松たちに押さえられて抗《あらが》いながら悲痛に叫んだ。

「おきく……」

清七は叫んだ。

「よし。そこ迄だ……」

半兵衛が、傾いた山門から現れた。

伊之助、二人の浪人は身構えた。

市松と遊び人は戸惑った。

刹那、庫裏の裏から幸吉と由松が現れ、市松と遊び人に襲い掛かった。

市松と遊び人は驚いた。

雲海坊が現れ、おきくを助けた。

「ぼ、坊主……」

市松は狼狽《うろた》えた。

「坊主を邪険《じやけん》にした仏罰だ。おきくさんは返して貰うよ。南無阿弥陀仏……」

雲海坊は、おきくを後ろ手に庇《かば》って笑った。

幸吉が、市松を十手で殴り飛ばし、捕《と》り縄《なわ》を打った。

由松は、遊び人を角手《かくて》を嵌《は》めた手で張り飛ばし、蹴り上げた。

遊び人は、頬から血を飛ばして悲鳴を上げて倒れた。

半兵衛は、清七を後ろ手に庇った。

半次と音次郎、弥平次と勇次が現れ、伊之助と二人の浪人を取り囲んだ。

伊之助と二人の浪人は、焦りを滲ませた。

「伊之助、悪いのは、如何様博奕を見破った旦那を殺した兄貴の伊太郎だ。兄貴《が》の伊太郎の愚かさを棚に上げて、清七を恨むのは筋違いの逆恨み、外道の云《い》い掛かりだな」

半兵衛は、伊之助に蔑《さげす》みの一瞥をくれた。

「う、煩《うる》せえ……」

伊之助は怒鳴った。

刹那、小肥りの浪人が、半兵衛に猛然と斬り掛かった。

半兵衛は、踏み込みながら僅かに身体を沈め、刀を抜き打ちに放った。

閃光が走った。

小肥りの浪人は、刀を上段に構えたまま凍《い》て付《つ》いた。

伊之助と痩せた浪人は、息を詰めて眼を瞠《みは》った。

半次、音次郎、弥平次、勇次、清七は見守った。

半兵衛の刀の鋒《きっさき》から血が滴《したた》り落ちた。

小肥りの浪人は、脇腹に血を滲ませて横倒しに崩れた。

伊之助と痩せた浪人は、思わず後退《あとずさ》りした。

半次、音次郎、勇次は、素早く背後を塞いだ。

「伊之助、逆恨みで清七の命を狙い、博奕打ちの万吉を殺し、おきくを拐かした罪は重いよ……」

半兵衛は、伊之助を厳しく見据えた。

伊之助は、痩せた浪人の背後に僅かに後退りをした。

痩せた浪人は、半兵衛に向かって進み出た。

半次、音次郎、勇次は、伊之助を素早く取り囲んだ。

「ぶち殺してやる……」

伊之助は、狼狽えながらも長脇差《ながわきざし》を抜いた。


痩せた浪人は、半兵衛に対峙《たいじ》した。

「やる気かな……」

半兵衛は苦笑した。

痩せた浪人は、刀を抜き払った。

半兵衛は身構えた。

痩せた浪人は、刀を構えて半兵衛に迫った。

間合いは縮まった。

半兵衛は佇み、後退りをして間合いを保たなかった。

痩せた浪人は、微かな戸惑いを過ぎらせた。

半兵衛は、嘲笑を浮かべた。

痩せた浪人は怒りを滲ませ、半兵衛に鋭く斬り掛かった。

刹那、半兵衛は踏み込みながら刀を横薙《よこな》ぎに放った。

閃光が走り、半兵衛と痩せた浪人は入れ替わった。そして、互いに素早く振り返り、刀を鋭く斬り下ろした。

刃《やいば》が煌《きら》めき、交錯《こうさく》した。

「お、おのれ……」

痩せた浪人は、袈裟《けさ》懸《が》けに斬られて顔を醜《みにく》く歪めて倒れた。

半兵衛は、刀に拭《ぬぐ》い掛けて鞘に納めた。

伊之助は、痩せた浪人が斬られたのを見て後退りした。

「伊之助、此迄だ。神妙にしな……」
半次は、十手を構えて伊之助に迫った。
「来るな、来るな……」
伊之助は、顔を引《ひ》き攣《つ》らせて長脇差を振り廻した。
長脇差は鈍色《にびいろ》に煌めいた。
半次は、跳《と》び退《の》いて躱《かわ》した。
伊之助は、身を翻《ひるがえ》して逃げようとした。
次の瞬間、勇次が伊之助に目潰《めつぶ》しを投げた。
目潰しは、伊之助の顔に当たって白い粉を巻き上げた。
伊之助は、眼を潰されて喚《わめ》き声を上げ、長脇差を振り廻した。
半次が蹴り飛ばした。
伊之助は無様《ぶざま》に倒れた。
音次郎は、倒れた伊之助に飛び掛かり、十手で何度も激しく打ち据えた。
伊之助は、血を飛ばして悲鳴を上げた。
勇次が駆け寄り、捕り縄を打った。
伊之助は血に塗《まみ》れ、ぐったりとしたまま捕らえられた。

幸吉と由松が、捕らえた市松と遊び人を引き立てて来た。

「御苦労だったね」

半兵衛は、幸吉と由松を労った。

「いいえ……」

幸吉と由松は笑った。

雲海坊は、おきくを伴って来た。

「おきく……」

清七は、おきくを見詰めた。

「お前さん……」

おきくは涙ぐんだ。

「さあ、清七……」

半兵衛は、清七を促した。

「はい。おきく……」

清七は、おきくに駆け寄った。

「お前さん、良かった。無事で良かった……」

おきくは、その場にしゃがみ込んで泣き出した。

清七は、おきくの肩を抱いて泣いた。

「清七、おきく、いろいろ迷惑を掛けて済まなかったね」

半兵衛は、清七とおきくに詫びた。

「いいえ、白縫さま。大沢さまの約束、果たして頂きましてありがとうございました」

清七とおきくは、半兵衛に深々と頭を下げた。

「なあに、私一人じゃあない、みんなで守った大沢さんの約束だよ」

半兵衛は笑った。

「忝《かたじけの》うございました……」

清七とおきくは、半次や弥平次たちに深々と頭を下げた。

「よし、半次。伊之助と二人の遊び人を大番屋に引き立てな。音次郎、二人の浪人の始末をな……」

半兵衛は命じた。

「幸吉、由松、勇次。本湊と音次郎に手を貸してやりな」

「承知……」

幸吉、由松、勇次は頷いた。

「雲海坊、清七さんとおきくさんを小舟町に送ってあげな」

弥平次は命じた。

「はい。じゃあ、清七さんおきくさん……」

雲海坊は、清七とおきくを促した。

「それでは、白縫さま……」

清七とおきくは、半兵衛たちに深々と頭を下げ、雲海坊と共に立ち去って行った。

「半兵衛の旦那。清七と大沢の旦那の約束、守ってやれて良かったですね」

弥平次は微笑んだ。

「うん。まったくだ……」

半兵衛は、肩を寄せ合って帰って行く清七とおきくを見送った。


博奕打ちの伊之助による御礼参りは食い止められ、一件は落着した。

北町奉行所吟味方与力の大久保忠左衛門は、半兵衛の報告書を読み終えた。

「して、半兵衛。死んだ大沢徳兵衛と大工清七の約束、守ってやったのか……」

忠左衛門は、筋張った細い首を伸ばした。

「はい。柳橋の弥平次たちの力を借り、どうにか……」

「それは良かった。おのれ、逆恨みの外道の伊之助、磔《はりつけ》獄門《ごくもん》にしても飽きたらぬ外道だ」

忠左衛門は、細い首の筋を引き攣らせて怒りを露《あら》わにした。

「はい……」

半兵衛は頷いた。

「それにしても半兵衛。当番同心は大沢徳兵衛が死んでいる今、清七の訴えを誰に取り次いだのだ」

忠左衛門は、白髪眉をひそめた。

「さあて、今は定町廻りも臨時廻りも何かと忙しいので……」

半兵衛は首を捻った。

「そうか、分からぬか……」

「はい。では、此にて……」

半兵衛は、忠左衛門の用部屋を出た。

「じゃあ旦那。清七さんの訴えを、風間の旦那が取り合わなかった事は、大久保さまに云わなかったのですか……」

音次郎は眉をひそめた。

「ま。私が云わなくても、当番同心に訊けば分かる事だ……」

半兵衛は苦笑した。

「だから、知らん顔ですか……」

音次郎は、不服そうに告げた。

「音次郎、旦那は今度の一件を蒸し返されて、又《また》清七とおきく夫婦に迷惑が掛かるのを恐れ、知らん顔をしたんだぜ」

半次は、音次郎に云い聞かせた。

「えっ、そうなんですか……」

音次郎は、戸惑いを浮かべた。

「此以上、北町奉行所が迷惑を掛ける訳にはいかないからねえ……」

半兵衛は苦笑した。

「世の中には、町奉行所の者が知らん顔をした方が良い事もありますか……」

音次郎は、己の言葉に頷いた。

「まあね……」

半兵衛は微笑んだ。

逆恨みの御礼参りの一件は終わった。

第四話　質流れ

一

雨戸の隙間《すきま》や節穴《ふしあな》から差し込む朝陽《あさひ》は、寝間《ねま》の障子を明るく照らした。
北町奉行所臨時廻り同心白縫半兵衛は、蒲団《ふとん》の中で大きく背伸びをした。
もう直《じき》、廻り髪結の房吉が来る。
それ迄《まで》に、顔を洗うか……。
半兵衛は、蒲団から這い出して障子と雨戸を開けた。
朝陽が寝間に溢《あふ》れた。

ぱちん。
房吉は、半兵衛の元結《もとゆい》を鋏《はさみ》で切り、髷《まげ》を解《ほぐ》し始めた。
半兵衛は縁側《えんがわ》に座り、眼を瞑《つぶ》って日髪日剃《ひがみひぞり》を受けていた。

「旦那、不忍池は池之端《いけのはた》に住む若い妾《めかけ》が消えたそうですよ」

房吉は、半兵衛の解した髪に櫛《くし》を入れながら告げた。

「若い妾が消えた……」

半兵衛は眉をひそめた。

「はい……」

「どう云《い》う事かな……」

「神田花房町《はなぶさちょう》に萬屋《よろずや》って質屋《しちや》がありましてね。旦那の喜左衛門《きざえもん》、おさきって若い妾を池之端の家に囲っていましてね。そのおさきが消えたとか……」

「妾奉公が嫌で逃げたのかな……」

半兵衛は読んだ。

「そいつが良く分からないのですが、旦那の喜左衛門、人を雇って捜しているそうですぜ」

房吉は、半兵衛の髷を結い始めた。

「人を雇って捜しているか……」

「ええ……」

房吉は、手際良く髷を結いながら告げた。

半兵衛は、髪を引っ張られ僅《わず》かに仰《の》け反《ぞ》った。


半兵衛は、本湊の半次や音次郎と北町奉行所から市中見廻りに出た。

神田花房町の質屋『萬屋』喜左衛門の若い妾のおさきが姿を消した……。

房吉が日髪日剃で半兵衛に告げたのは、何か意味があるのかもしれない。

半兵衛は、神田八ツ小路から神田川に架かる筋違御門に向かった。

「旦那……」

半次は、戸惑いを浮かべた。

いつもなら昌平橋を渡り、神田明神に行くのが道筋だ。だが、半兵衛は昌平橋ではなく、隣の筋違御門に進んだのだ。

「うん。ちょいと寄りたい処《ところ》があってね」

半兵衛は、筋違御門を渡った。

半次と音次郎は続いた。


筋違御門を出ると神田川北岸沿いの道になり、神田花房町があった。

「神田花房町ですか……」

半次は尋ねた。

「うん。質屋の萬屋だ。何処《どこ》にあるかな」

半兵衛は、辺りを見廻した。

神田川北岸沿いの道には、多くの人が行き交っていた。

質屋『萬屋』は、連《つら》なる家並みの端で暖簾《のれん》を揺らしていた。

「質屋の萬屋ですか……」

半次は、眼を細めて呟《つぶや》いた。

「うん……」

「で、その質屋の萬屋が何か……」

半次は尋ねた。

「うん。実はね、萬屋の主の若い妾が消えちまったそうだ」

半兵衛は苦笑した。

「若い妾が消えた……」

半次は眉をひそめた。

「うむ。実はな……」

半兵衛は、半次と音次郎に房吉から聞いた話を教えた。

「へえ、あの質屋の旦那の若い妾が消えたんですか……」

音次郎は、質屋『萬屋』を見詰めた。

「うむ。尤《もっと》も消えたのは、池之端にある妾の家からだけどね」

「で、ちょいと調べてみますか……」

「うん。旦那を嫌になった若い妾が姿を隠すなんて良くある話だが、房吉がわざわざ云うからには、何かがあるかなと思ってね」

半兵衛は苦笑した。

「そうですね。じゃあ、ちょいと萬屋の喜左衛門、調べてみますか……」

半次は、半兵衛の指図を仰いだ。

「うん。私は自身番に行くよ。半次と音次郎は界隈《かいわい》で萬屋と喜左衛門の噂《うわさ》をね」

「承知しました。音次郎……」

半次は、音次郎を促《うなが》して聞き込みに走った。

半兵衛は、神田花房町の自身番に向かった。

神田花房町の自身番の番人は、半兵衛に茶を差し出した。

「こいつは済まないね……」

「いいえ……」

番人は、戸口に寄った。

「して、萬屋、どんな風なのかな……」

半兵衛は、茶を啜《すす》った。

「はい、萬屋さんは旦那の喜左衛門さんとお内儀《ないぎ》のおたえさん、通いの番頭の吉《きち》五郎《ごろう》さんと住み込みの手代に女中が二人ですか……」

店番は、町内名簿を見ながら告げた。

「そうか。して、商売の方はどうなのかな」

「ま、質屋は地道にやっていれば、潰れる事など滅多にありませんから……」

家主《いえぬし》は苦笑した。

「成《な》る程《ほど》……」

「それに萬屋は、期限が来ると情け容赦《ようしゃ》なく質草《しちぐさ》を流すそうですがね」

店番は囁《ささや》いた。

「ほう。厳しいんだね」

「ま、質屋としちゃあ、当然ですがね」

「そうか。旦那の喜左衛門、中々《なかなか》の遣《や》り手《て》のようだね」

「そりゃあもう。店は番頭の吉五郎さんと手代に任せて、いろいろやっているそうですからね……」

店番は苦笑した。

「いろいろってのは、何かな……」

半兵衛は笑い掛けた。

「えっ、ま、それは……」

店番は、真顔になって言葉を濁《にご》した。

「何かな……」

半兵衛は、店番を見据えた。

「喜左衛門さん、金貸しもしているとか……」

店番は、云い難そうに告げた。

「ほう。金貸しをね……」

喜左衛門は、質屋『萬屋』を営む傍《かたわ》ら金貸しもしているのだ。

半兵衛は知った。

半兵衛は、質屋『萬屋』の近くに戻り、聞き込みをして来た半次や音次郎と合流した。

「どうだった……」

「はい。萬屋の旦那の喜左衛門、余り評判は良くありませんね」

半次は告げた。

「評判の悪い訳は……」

「質草を安く見積もって金を貸し、期限が来ればさっさと流し、質流れ品として高値で売り捌《さば》くそうですぜ」

「それに、裏で金貸しもしているようでしてね。取立屋《とりたてや》を使って情け容赦のない取り立てをしているとか……」

音次郎は眉をひそめた。

「そうか……」

半兵衛は頷《うなず》いた。

どうやら、自身番で聞いた事は、既に世間の知る処なのだ。

「で、萬屋は旦那の喜左衛門の他には……」

「うん。お内儀のおたえ、通いの番頭の吉五郎、住み込みの手代が一人、女中が二人いるそうだ」

「それに、取立屋が出入りしていますか……」

半次は眉をひそめた。

「うん……」

半兵衛は、質屋『萬屋』を眺《なが》めた。

質屋『萬屋』は、時々風呂敷包みを持った人が出入りする店があり、その横手に母屋《おもや》に続く戸口があった。

母屋に続く戸口から恰幅《かっぷく》の良い初老の男が、半纏《はんてん》を着た男を従えて出て来た。

「あの恰幅の良い初老の男が喜左衛門ですか……」

半次は睨《にら》んだ。

「間違いあるまい……」

「半纏の野郎、きっと取立屋ですぜ」

音次郎は読んだ。

「うむ……」

喜左衛門と半纏を着た男は、神田花房町の質屋『萬屋』を出て御成《おなり》街道を下谷広小路に向かった。

池之端の妾が消えた家に行くのかもしれない……。

半兵衛は読んだ。

「よし。後を尾行《つけ》るよ。音次郎……」

「はい。じゃあ、先に行きます」

音次郎は、喜左衛門と半纏を着た男を追った。

半兵衛と半次は続いた。


不忍池は陽差しに煌《きら》めいていた。

喜左衛門と半纏を着た男は、不忍池の畔《ほとり》を進んだ。

音次郎は尾行た。

半兵衛と半次は、音次郎に続いた。

喜左衛門と半纏を着た男は、不忍池の畔にある板塀を廻した仕舞屋《しもたや》に入った。

音次郎は、木陰から見届けた。

半兵衛と半次が続いて来た。

「あの家に入りました」

音次郎は、板塀を廻した仕舞屋を示した。

「うん。どうやら、あの仕舞屋がおさきって若い妾が暮らしていて、消えた家だね」

半兵衛は読んだ。

「ええ……」

半次は頷いた。

「どんな女なんですかね、おさき……」

音次郎は首を捻《ひね》った。

「うん。それにどうして喜左衛門に囲われたかだ……」

半兵衛は眉をひそめた。

「ひょっとしたら、借金の形《かた》に妾にされたのかもしれませんね」

半次は読んだ。

「あり得るね。よし、半次、喜左衛門を見張り、動いたら何処《どこ》に行って何をするか見届けてくれ」

半兵衛は命じた。

「承知しました」

半次は頷いた。

「じゃあ音次郎。おさきがどんな女か、聞き込みに行くよ」

「合点《がってん》です」

半兵衛は、音次郎を従えて聞き込みに向かった。

半次は見送り、板塀の廻された仕舞屋を見張り始めた。


半兵衛と音次郎は、妾のおさきの住んでいた仕舞屋近くの米屋を訪れた。

「ええ。質屋の萬屋さんの持ち家には、手前共が米を納めていましたが……」

米屋の番頭は頷き、おさきの家に出入りをしている手代を呼んだ。

「あの家には、おさきって女が一人で住んでいたのかな」

半兵衛は、手代に訊いた。

「いいえ。婆やさんと二人で暮らしていましたよ」

手代は告げた。

「婆やと二人暮らしか……」

「はい。おさださんって婆やさんです」

「おさだねえ……」

仕舞屋からおさきは消えても、婆やのおさだは残っていて何かを知っている筈《はず》だ。

「はい……」

「して、おさきがいなくなったのは知っているね」

「は、はい。それはもう……」

手代は頷いた。

「じゃあ、何故いなくなったか、分かるかな」

「さあ……」

手代は首を捻った。

「分からないか……」

「はい……」

「おさきさん、喜左衛門旦那をどう思っていたのかな……」

音次郎は訊いた。

「さあ、そんな事は知りません……」

「じゃあ、おさきさん、毎日何をしていたのかな……」

「手前は時々、注文された米を届けに行くだけで良く分かりませんが、おさきさん、余り外に出て来る事はなかったようですよ」

手代は、思い出すように告げた。

「そうか……」

音次郎は頷いた。

「おさき、余り外には出なかったのだね」

半兵衛は念を押した。

「はい……」

「ならば、他に何か気が付いた事はなかったかな……」

「そう云えば、いつでしたか、おさきさんが不忍池の畔で若いお侍と一緒にいるのを見た事がありましたよ」

手代は告げた。

「若い侍……」

半兵衛は眉をひそめた。

油屋、炭屋、酒屋……。

半兵衛は、毎日の暮らしに欠かせない物を売る店に音次郎を聞き込みに走らせ、池之端の自身番に向かった。

おさきの素性《すじょう》……。

何故、喜左衛門に囲われたのか……。

若い浪人とは……。

そして、何処に消えたのか……。

知りたい事はいろいろある。

半兵衛は苦笑した。


「質屋の萬屋さんの持ち家に住んでいるのは、おさだと云う留守番の婆さんでしてね。時々、喜左衛門さんの囲う女が……」

池之端の自身番の家主は、小さな笑みを浮かべた。

「喜左衛門、そんなに妾を替えるのか……」

「まあ、替えると云えば替えますか……」

家主は云《い》い澱《よど》んだ。

「おさきは、いつ頃からあの家に住んでいたのかな」

「一年ぐらい前ですか……」

「一年前か。して、おさきの素性は分かるか」

「さあ……」

家主は首を捻った。

「誰か知らないかな……」

半兵衛は、自身番に詰めている店番と番人に尋ねた。

「良く分かりませんが、お武家の出かもしれません」

店番は告げた。

「武家の出……」

半兵衛は眉をひそめた。

「はい。ま、武家と云っても浪人さんかもしれませんが……」

「そうか……」

おさきは、武家の出なのかもしれない……。

半兵衛は、おさきの素性の欠片《かけら》を知った。

不忍池には水鳥が遊び、水面《みなも》に小波《さざなみ》が走った。

半次は仕舞屋を見張り続けた。

喜左衛門と半纏を着た男は、仕舞屋に入ったままだった。

やって来た若い浪人が佇《たたず》み、仕舞屋を窺《うかが》った。

誰だ……。
半次は、若い浪人を見守った。
若い浪人は、素早く物陰に隠れた。
喜左衛門と半纏を着た男が仕舞屋から現れ、不忍池の畔を西に向かった。
若い浪人は、物陰を出て喜左衛門と半纏を着た男を追った。
半次は、喜左衛門と半纏を着た男を追う若い浪人に続いた。

喜左衛門と半纏を着た男は、不忍池の畔を進んだ。
若い浪人は追い、半次は続いた。
喜左衛門と半纏を着た男は、不忍池の畔から根津権現《ねづごんげん》への道に進もうとした。
次の瞬間、若い浪人は地を蹴り、喜左衛門に向かって猛然と走り出した。
危ない……。
半次の勘が囁いた。
半纏を着た男は、迫る若い浪人の足音に振り返った。
「退《ど》け。丈吉《じょうきち》……」
若い浪人は叫び、抜き打ちの一刀を放った。

丈吉と呼ばれた半纏を着た男は、胸元から血を飛ばして倒れた。

若い浪人は、血の滴《したた》る刀を手にして喜左衛門に迫った。

喜左衛門は、恐怖に顔を醜《みにく》く歪《ゆが》ませて後退《あとずさ》りし、尻餅《しりもち》をついた。

半次は、呼《よ》び子笛《こぶえ》を吹き鳴らした。

若い浪人は狼狽《うろた》えた。

「何をしやがる……」

半次は十手を握り締め、喜左衛門と若い浪人の許に駆け寄った。

若い浪人は、身を翻《ひるがえ》して逃げた。

半次は、尻餅をついて震えている喜左衛門を一瞥《いちべつ》し、血を流して倒れている丈吉に駆け寄った。

「おい。大丈夫か……」

丈吉は血を流し、苦しく呻《うめ》いて気を失った。

「しっかりしろ。今、医者に連れて行ってやる……」

半次は、丈吉を担ぎ上げた。

不忍池は煌めいた。

半兵衛は、半次から事情を訊いて神田花房町の質屋『萬屋』を訪れた。

「手前が萬屋の主、喜左衛門にございます」

喜左衛門は、緊張した面持《おもも》ちで半兵衛の前に座った。

「私は北町奉行所の白縫半兵衛。襲った若い浪人は何処の誰だい……」

半兵衛は、喜左衛門を厳しく見据えた。

「そ、存じません……」

喜左衛門は、微《かす》かに狼狽えた。

「ならば、知らぬ者が襲ってきたと云うのか……」

半兵衛は苦笑した。

「白縫さま、手前は質屋にございます。用立てた金を返せず、質草を流されて逆《さか》恨《うら》みをする者は大勢おります。あの若い浪人もきっとそのような者かと……」

喜左衛門は云い繕《い つくろ》った。

「よし。ならば、医者に担ぎ込んだ取立屋の丈吉に訊いてみよう……」

半兵衛は、半次が医者に担ぎ込んだ半纏を着た取立屋の丈吉の名を出した。

「えっ。丈吉は命を……」

喜左衛門は、丈吉が死んだと思っていたのか激しく狼狽えた。

「取り留めたそうだ。良かったな……」

　半兵衛は笑った。

二

　半纏を着た男、丈吉は、喜左衛門配下の取立屋だった。

　丈吉は、医者の手当てを受けた。だが、意識を失ったままだった。

「そうか。意識を失ったままか……」

　半兵衛は眉をひそめた。

「はい……」

　半次は頷いた。

「して、若い浪人、不忍池の畔の仕舞屋を窺っていたのだな」

「はい。で、出て来た喜左衛門と丈吉を……」

「よし。半次、此《こ》のまま丈吉が意識を取り戻すのを待ち、若い浪人の事を聞き出せ」

「承知……」

　半兵衛は命じた。

「出入りしている米屋の手代は、おさきが若い侍と一緒にいるのを見た事があると云っていた」

「おさきが……」

「若い浪人は、その若い侍かもしれぬ……」

半兵衛は読んだ。

「やはり、おさき絡《がら》みですか……」

半次は眉をひそめた。

「違いあるまい。私は不忍池の畔の喜左衛門の家に行き、婆やのおさだに逢ってみる」

半兵衛は告げた。


不忍池の畔には木洩《こも》れ日《び》が揺れていた。

半兵衛は、板塀の廻された仕舞屋に進んだ。

仕舞屋の前の木陰から音次郎が現れ、半兵衛を迎えた。

「変わった事はないか……」

「はい。若い浪人、現れません……」

音次郎は頷いた。

「そうか。で、婆やのおさだはいるね」

半兵衛は、仕舞屋を示した。

「はい……」

「よし。逢って来る。此処の見張りを頼む」

「合点です」

音次郎は頷いた。

「じゃあ……」

半兵衛は、仕舞屋の板塀の木戸を潜った。

音次郎は木陰に入り、見張りを続けた。


仕舞屋の庭には小さな花が咲いていた。

「どうぞ……」

婆やのおさだは、縁側に腰掛けた半兵衛に茶を差し出した。

「造作を掛けるね……」

半兵衛は笑い掛けた。

「いいえ。で、お話とは……」

おさだは、半兵衛に警戒の眼差しを向けた。

「おさきさんがいなくなった時の事を詳しく話して貰おうか……」

「おさきさんがいなくなった時ですか……」

おさだは、微かな困惑を過《よ》ぎらせた。

「うむ……」

「あの時、私は喜左衛門の旦那に呼ばれて花房町に行き、帰って来たら、おさきさんはいなくて、散歩にでも行ったかと思い、帰って来るのを待っていたのですが……」

おさだは、言葉を濁した。

「帰って来なかったんだね」

「はい。それっきり……」

おさだは頷いた。

「して、おさきの荷物は……」

「おさきさん、此処には風呂敷包み一つで来ましてね。殆《ほとん》どの物は此処に来てから旦那さまに買って貰った物でして、その全部を残して……」

「来た時同様、風呂敷包み一つ抱えて出て行ったか……」

　半兵衛は読んだ。

「きっと……」

　おさだは頷いた。

「おさき、どうして喜左衛門の囲われ者になったか聞いているかな」

「おさきさんの話では、親の作った借金の形、質草だって……」

「返せなくて、妾に囲われたか……」

「ええ。自分は質流れの質草だと、笑っていましたよ」

「質流れの質草か……」

　半兵衛は、おさきの哀しい気持ちを知った。

「ええ……」

「して、おさきを質草にした親は、どんな親なのかな……」

「病の亭主を抱えた女房、おさきの母親だと聞きましたよ」

　おさだは告げた。

「そうか。して、おさき、時々若い浪人と逢っていたと聞いたが、知っているか……」

「知りません。そうなんですか……」

おさだは眉をひそめた。

「うむ。そうか、知らないか……」

「はい……」

おさだは、半兵衛を見詰めた。

「良く分かった。処でおさだ、おさきがいなくなった日、どんな用で喜左衛門に呼ばれたのかな……」

「それは……」

おさだは、云い澱んだ。

「それは……」

半兵衛は、おさだを見詰めた。

「おさきさんが毎日、どんな風に暮らしているかと……」

おさだは、苦しそうに告げた。

「そうか……」

半兵衛は小さく笑った。

仕舞屋から半兵衛が出て来た。

「旦那……」

音次郎は駆け寄った。

「音次郎、此処はもう良い。萬屋の喜左衛門を見張ってくれ」

「若い浪人が襲いますか……」

音次郎は眉をひそめた。

「うん。若い侍に喜左衛門を襲わせてはならない。良いな……」

半兵衛は命じた。

「合点です」

音次郎は頷き、走り去った。

半兵衛は見送った。

「旦那……」

半次が、駆け寄って来た。

「おう。丈吉、気を取り戻したか……」

半兵衛は迎えた。

「はい。襲った若い浪人は、玉池稲荷《たまいけいなり》裏にあるお稲荷長屋に住んでいる黒木《くろき》喬《きよう》之助《のすけ》って奴だそうです」

半次は報《しら》せた。

「お稲荷長屋の黒木喬之助……」

半兵衛は眉をひそめた。

「はい……」

「よし。半次、玉池稲荷のお稲荷長屋だ……」

半兵衛と半次は、玉池稲荷裏のお稲荷長屋に急いだ。


神田花房町の質屋『萬屋』に客の出入りはなかった。

音次郎は、神田川沿いの並木の陰から質屋『萬屋』を見張った。

中年の男と浪人が、質屋『萬屋』の母屋の戸口から出て来た。

喜左衛門の取立屋かもしれない……。

音次郎は読んだ。

中年の男と浪人は、神田川北岸の道を和泉橋《いずみばし》に向かった。

音次郎は見送り、質屋『萬屋』の周囲に若い浪人を捜した。

だが、それらしい男はいなかった。

よし……。

音次郎は、質屋『萬屋』の見張りに就《つ》いた。

玉池稲荷は、赤い幟旗《のぼりばた》を風に翻していた。

半兵衛と半次は、玉池稲荷の裏手に廻った。

裏手にお稲荷長屋はあった。

お稲荷長屋は、陽当たりの悪い古い長屋だった。

「奥の家だそうですぜ……」

半次は告げた。

「よし……」

半兵衛は、お稲荷長屋の奥の家に向かった。

半次は続いた。

奥の家は腰高障子を閉めていた。

「旦那……」

半次は、半兵衛に指示を仰いだ。

「うん……」

半兵衛は頷いた。

「黒木さま。黒木喬之助さま……」

半次は、腰高障子を叩きながら呼び掛けた。家の中から返事はなかった。

「黒木さま……」

半次は、尚《なお》も呼び掛けて腰高障子を叩いた。

やはり、返事はなかった。

「半次……」

半兵衛は、半次に目配せをした。

半次は頷き、腰高障子を開けた。

半兵衛は、素早く踏み込んだ。

狭い家は薄暗く冷ややかであり、人気《ひとけ》はなかった。

半兵衛と半次は、狭い家の中を見廻した。

壁際に畳まれた蒲団と行李《こうり》があり、火鉢《ひばち》や行燈《あんどん》など僅かな家財道具があるだけだった。

「検《あらた》めるよ……」

半兵衛は、家に上がって行李の中を検めた。

着物や下着や羽織袴。そして、家系図らしき巻物や神道無念流《しんとうむねん》の免許状などが入っていた。

「旦那……」

半次は、半纏や股引《ももひき》、手拭《てぬぐい》などを示した。

「人足働きをしていたようですね」

半次は読んだ。

「人足働きか……」

半兵衛は、火鉢の中を調べた。

火鉢の灰には、冷め切った炭があった。

「どうやら、朝、出掛けたままのようだね」

「ええ……」

半次は頷いた。

「よし。黒木喬之助がどんな男かだな……」

「はい……」

半兵衛と半次は、聞き込みを始めた。

黒木喬之助は、二十五歳になる相州《そうしゅう》浪人で口入屋《くちいれや》に日雇い人足や用心棒などの仕事を周旋《しゅうせん》して貰い、暮らしの費《つい》えにしていた。勿論、それだけでは足らず、質屋や金貸しの世話にもなっていた。

「若いのに穏やかで、子供や年寄りに優しい人ですよ」

お稲荷長屋のある小泉町《こいずみちょう》の木戸番は、黒木喬之助を知っていた。

「ほう。そんな人ですかい……」

「ええ。同じお稲荷長屋に住んでいた浪人さんが卒中《そっちゅう》で倒れて、おかみさんが金貸しに薬代を借りたりして苦労していたんですが、黒木さん、いろいろ御世話をしていましたよ」

「で、その浪人さんは……」

「亡くなり、お気の毒におかみさんも後を追うように病で……」

「亡くなったのですか……」

半次は読んだ。

「はい……」

木戸番は頷いた。

「して、その浪人さん夫婦に娘さんはいなかったかな」

半兵衛は尋ねた。

「いましたよ。確か室町《むろまち》の呉服屋に住み込みの奉公をしていると聞いていますが……」

「娘の名前は……」

「確かおさきって名前だったと……」

木戸番は告げた。

「おさき。旦那……」

半次は眉をひそめた。

「うん。消えたおさきに間違いないだろう」

半兵衛は、厳しい面持ちで頷いた。

「ええ。おさきと黒木喬之助、親しかったのかもしれませんね」

「おそらくな。して、室町の呉服屋、何て屋号かな」

「さあて、そこ迄は……」

木戸番は首を捻った。

「そうか。ならば、他に黒木喬之助が親しくしていた者を知らないかな」

半兵衛は尋ねた。

「さあ……」

「よし。じゃあ、口入屋だ」

「口入屋……」

「うむ。黒木喬之助は人足働きをしていたようだ。此の辺りの口入屋は何処にある」

「此の先の辻を西に曲がった処に丁字屋《ちょうじや》って口入屋があります」

「丁字屋だな……」

「はい……」

「半次、室町の呉服屋を当たってくれ。俺は丁字屋に行って黒木喬之助と親しかった者がいないか訊いてみる」

「承知。じゃあ……」

半次は、室町に走った。

半兵衛は、口入屋『丁字屋』に向かった。

陽は大きく西に傾き、夕暮れ時が近付いた。

「ええ。黒木さんなら確かにうちの口利きで仕事をしていますよ」

口入屋『丁字屋』の主の善八《ぜんぱち》は、怪訝《けげん》な面持ちで半兵衛を見た。

「そうか。して、黒木喬之助、仕事仲間で親しくしている者はいなかったかかな」

半兵衛は尋ねた。

「親しくしている者ですか……」

「うむ……」

「さあ、取り立てていなかったと思いますが……」

「そうか……」

「あの、黒木さん、何かしたんですか……」

善八は眉をひそめた。

「いや。して、黒木喬之助、どんな仕事をしていたのかな」

「はい。日雇いの人足仕事が主《おも》ですが、時々大店《おおだな》の御隠居さまのお供に雇われていますよ」

「大店の御隠居のお供……」

「ええ。御隠居さまに気に入られましてね。釣りだとか寺参りだとか、そんな時のお供に名指しされて……」

「ほう。その御隠居、何処の大店の御隠居かな……」

「浜町堀は元浜町の瀬戸物問屋美濃屋《みのや》の御隠居さまですよ」

半兵衛は尋ねた。

「元浜町の瀬戸物問屋美濃屋の隠居か……」

半兵衛は眉をひそめた。

口入屋『丁字屋』には、赤い夕陽が差し込んだ。


日本橋に続く室町の通りは、仕事帰りの人々が行き交い始めた。

半次は、室町にある呉服屋に、住み込みの奉公人に〝おさき〟と云う名の女中がいなかったか、訊き歩いた。

だが、〝おさき〟と云う住み込みの女中のいた呉服屋は容易に見付からなかった。


日は暮れた。

囲炉裏《いろり》の火は燃えた。

半兵衛は、囲炉裏端で晩飯を食べながら分かった事を半次と音次郎に話した。

「そうですか、黒木喬之助、日雇い人足の他に大店の御隠居に気に入られて釣りや寺参りのお供をしているんですか……」

半次は、半兵衛に酌をした。

「うん。浜町堀は元浜町の美濃屋と云う瀬戸物問屋の隠居だそうでね。明日にでも逢ってみるよ。して、おさきが奉公していた呉服屋は分かったのか……」

半兵衛は酒を飲んだ。

「はい。室町二丁目にある京屋《きようや》って呉服屋に奉公していましてね。両親が死んだ後、借金の取立屋がしょっちゅう取立てに来て、おさき、京屋に居づらくなったのか、辞めていったそうです」

半次は、おさきが奉公していた呉服屋を探し出し、いろいろ聞き込んで来ていた。

「そうか。気の毒にな……」

半兵衛は、おさきを哀れんだ。

「ええ。おそらく喜左衛門の指図ですよ。酷《ひど》い真似をしやがる……」

半次は、怒りを滲《にじ》ませた。

「うむ。して、喜左衛門はどうしていた」

半兵衛は、飯をお代わりして食べている音次郎に訊いた。

「はい。喜左衛門の野郎、萬屋に引っ込んだままで、取立屋や浪人共が忙しく出入りをしています。きっと、おさきと黒木喬之助を捜しているんですぜ」

音次郎は読んだ。

「そうか……」

半兵衛は、手酌《てじゃく》で猪口《ちょこ》に酒を満たした。

廻り髪結の房吉は、おさきの失踪をどうして知ったのか……。

そして、おさきや黒木喬之助と何か拘《かか》わりがあるのか……。

半兵衛の疑念は募《つの》った。

囲炉裏の火は燃え上がり、酒を飲む半兵衛の顔を赤く照らした。

三

日髪日剃が始まった。

半兵衛は、廻り髪結の房吉に頭を預けて眼を瞑った。

房吉は、元結を切って半兵衛の髷を解し始めた。

「房吉、消えた妾のおさき、親の残した借金の形に萬屋喜左衛門の妾にされたようだな」

半兵衛は、眼を瞑ったまま告げた。

「そうなんですか……」

半兵衛の髷を解す房吉の手は、一瞬たりとも止まらなかった。

おさきと深い拘わりはない……。

半兵衛は睨んだ。

「うん。して、おさきの知り合いに黒木喬之助と云う浪人がいてね」

半兵衛は告げた。

房吉の、半兵衛の髷を櫛で梳《す》く手が一瞬止まり、直ぐに動いた。

黒木喬之助と拘わりがある……。

半兵衛は、房吉は黒木喬之助と何らかの拘わりがあると睨んだ。

「知っているか……」

「いえ。その浪人が何か……」

房吉は惚《とぼ》け、探りを入れて来た。

「うん。どうやら、おさきが姿を隠した事に拘わりがありそうだ」

「そうなんですか……」

房吉は、半兵衛の髷を結い始めた。

半兵衛は、想いを巡らせた。

房吉は、浪人の黒木喬之助との拘わりでおさきの失踪を知り、質屋『萬屋』喜左衛門の動きを抑える為に半兵衛にそれとなく報せたのかもしれない。

房吉は、手際良く半兵衛の髷を結っていた。

黒木喬之助との拘わりは、どのようなものなのだ……。

房吉に訊いても、直ぐに答える筈はない。

そして、半兵衛の髷は結い終わった。


神田花房町の質屋『萬屋』は、既に暖簾を掲げていた。

半次と音次郎は、物陰から見張った。

質屋の横の戸口から取立屋と浪人が現れ、神田川沿いを昌平橋に向かった。

「よし。音次郎、追ってみな」

半次は命じた。

「合点です。じゃあ……」

音次郎は、取立屋と浪人を追った。

半次は残り、『萬屋』喜左衛門が動くのを見張った。


浜町堀に櫓《ろ》の軋《きし》みが響いた。

半兵衛は、浜町堀沿いの道を元浜町に向かった。

浜町堀に架かる千鳥橋の船着場には荷船が着き、人足たちが幾つもの荷箱や菰《こも》包《づつ》みを降ろし、元浜町の瀬戸物問屋『美濃屋』の蔵に運び込んでいた。

瀬戸物問屋『美濃屋』は繁盛している。

半兵衛は、元浜町の自身番に立ち寄り、瀬戸物問屋『美濃屋』の隠居の名を尋ねた。

美濃屋秀悦《しゅうえつ》……。

半兵衛は、瀬戸物問屋『美濃屋』の隠居の名を知った。

瀬戸物問屋『美濃屋』には客が訪れ、番頭たち奉公人が忙しく相手をしていた。

「邪魔をする……」

半兵衛は、瀬戸物問屋『美濃屋』を訪れた。

「いらっしゃいませ……」

番頭は、帳場から出て巻羽織の半兵衛を迎えた。

「やあ。隠居の秀悦さんはいるかな」

「隠居の秀悦にございますか……」

番頭は、微かな戸惑いを過ぎらせた。

「うん。私は北町奉行所の白縫半兵衛、いるなら取り次いで貰いたい」

半兵衛は笑い掛けた。


隠居所は母屋の離れにあり、静けさに満ちていた。

半兵衛は、隠居所の座敷に通され、出された茶を啜った。

茶は上等な物であり、美味《うま》かった。

「お待たせ致しました。手前が美濃屋の隠居、秀悦にございます」

秀悦は、穏やかな笑みを浮かべて白髪頭を下げた。

「うむ。いきなり訪れて申し訳ない。私は北町奉行所の白縫半兵衛……」

半兵衛は笑い掛けた。

「はい。で、白縫さま、御用とは……」

「それなのだが御隠居。浪人の黒木喬之助を知っているね」

半兵衛は、秀悦を見詰めて尋ねた。

「はい。黒木さんには、時々釣りや寺参りなどのお供を頼んでおります」

秀悦は微笑《ほほえ》んだ。

「うん。それだけ、黒木喬之助を信頼している訳ですな」

半兵衛は、秀悦を見詰めた。

「それはもう。黒木さんは若いながらも穏やかで落ち着いたお人柄。そして、神道無念流の遣い手。年寄りの手前には、心強いお供にございます」

「そうですねえ。して、近くはいつ頃、黒木と逢ったのかな……」

「そうか。半月ぐらい前ですか……」

「半月前。その時、黒木に変わった様子は窺えなかったかな」

「さあ。取り立てて感じませんでしたが。白縫さま、黒木さんが何か……」

秀悦は、半兵衛を見詰めた。

「うん。金貸しの取立屋を斬ってね……」

半兵衛は、厳しい面持ちで告げた。

「取立屋を……」

秀悦は、白髪眉をひそめた。

「うん。そして、お稲荷長屋から姿を消してね」

「姿を消した……」

「うむ……」

「そうでしたか。金が入り用なら金貸しや質屋に頼らず、話してくれれば良いものを……」

「ならば御隠居、黒木喬之助が今、何処にいるのかは知らないのだね」

「はい……」

「ならば、もう一つ尋ねるが、以前は室町の京屋なる呉服屋に住み込み奉公をしていて、今は質屋萬屋の主の囲い者になっているおさきと申す若い娘は知らないかな」

半兵衛は、秀悦を見詰めた。

「おさきさんですか……」

秀悦は訊き返した。

「うん……」

「さあて、存じませんが……」

「黒木喬之助からも聞いてはいないかな……」

「はい、何も……」

秀悦は、半兵衛を見詰めて笑みを浮かべた。

何も云わない……。

仮に何かを知っていても、おそらく秀悦は喋《しゃべ》る事はない。

半兵衛は、秀悦の笑みを見てそう感じた。

ならば、此迄《これまで》だ……。

「そうか。邪魔をしたね」

半兵衛は立ち上がった。

「いえ。御役に立てなかったようで……」

「処で御隠居、髪結は房吉かな……」

「えっ……」

秀悦は、僅かに狼狽えた。

「やはり、房吉のようですな……」

半兵衛は、秀悦に笑みを残して座敷を出た。

瀬戸物問屋『美濃屋』を出た半兵衛は、浜町堀に架かっている千鳥橋の袂に佇んだ。

房吉は、廻り髪結として瀬戸物問屋『美濃屋』隠居の秀悦の許《もと》に出入りしている。

そして、黒木喬之助と知り合い、おさきを哀れな境遇から脱け出させ、半兵衛を出張《でば》らせて喜左衛門の抑えにしようとしたのかもしれない。

半兵衛は振り返り、瀬戸物問屋『美濃屋』を眺めて苦笑した。

取立屋と浪人は、黒木喬之助を捜して盛り場を歩き廻った。

音次郎は、取立屋と浪人を尾行廻《つけまわ》した。

取立屋と浪人は、黒木を捜し歩いた。

だが、黒木喬之助の居場所を知る者はいなかった。

様《ざま》あみろ……。

音次郎は、腹の内で笑った。

質屋『萬屋』は、神田川から吹く風に暖簾を揺らしていた。
半次は、喜左衛門が動くのを見張り続けた。
だが、取立屋と浪人たちが出入りするだけで、喜左衛門が動く気配は窺えなかった。
半次は見張った。
神田川に架かっている昌平橋の方から浪人がやって来た。
見覚えがある……。
半次は、素早く物陰に隠れた。
やって来た浪人は、質屋『萬屋』の前に立ち止まった。
黒木喬之助だ……。
半次は、浪人を黒木喬之助だと見定めた。
黒木は、質屋『萬屋』を窺った。
喜左衛門が出て来るのを待っているのか……。
半次は見守った。
黒木は、物陰に身を潜めた。
二人の取立屋らしい男が現れ、質屋『萬屋』から神田川沿いの道を東に進んだ。
黒木は、二人の取立屋を追った。
何をする気だ……。
半次は尾行た。
二人の取立屋は、神田川沿いを進んで和泉橋を渡った。
黒木は追った。
半次は続いた。
和泉橋を渡った二人の取立屋は、柳原通りを西にある神田八ツ小路の方に向かった。
黒木喬之助は尾行た。
二人の取立屋は、柳原通りを進んで柳森稲荷《やなぎもりいなり》前に入った。
黒木は追った。
半次は続いた。
柳森稲荷の鳥居の前には、七味唐辛子《しちみとうがらし》売り、古道具屋、古着屋などの露店が並んでいた。
二人の取立屋は、露店の前を通って奥にある葦簀《よしず》掛《が》けの屋台の飲み屋に入った。
黒木喬之助は、葦簀掛けの飲み屋に入った二人の取立屋を窺った。
二人の取立屋は、安酒を飲み始めた。
何をする……。
半次は、鳥居の陰から見張った。
黒木は、葦簀掛けの飲み屋に入った。
二人の取立屋の怒声があがった。
黒木は、葦簀掛けの飲み屋から飛び出して奥の河原の茂みに走った。
「野郎……」
「待ちやがれ……」
二人の取立屋は、奥の河原の茂みに黒木を追った。
露天商や参拝客は、恐ろしそうな面持ちで見送った。
半次は続いた。

黒木喬之助は、河原の茂みを走って人気のない処に立ち止まった。
二人の取立屋は対峙《たいじ》し、息を荒く鳴らしながら匕首《あいくち》を抜いた。
黒木は苦笑した。
「野郎……」
取立屋の一人が匕首を構え、猛然と黒木に突き掛かった。
黒木は、抜き打ちの一刀を放った。
血が飛び、匕首が落ちた。
突き掛かった取立屋は、斬られた肩を押さえて倒れた。
鮮やかな抜き打ちだ。
半次は、茂みに潜んで見守った。
残る取立屋は怯《ひる》み、後退りをして身を翻した。
黒木は、匕首を拾って素早く投げた。
匕首は、身を翻して逃げる取立屋の太股に当たった。
取立屋は、足を縺《もつ》れさせて前のめりに倒れ、気を失った。
半次は見守った。
黒木は苦笑し、肩を斬られた取立屋を引《ひ》き摺《ず》り起こした。

「た、助けてくれ……」

取立屋は恐怖に震えた。

「喜左衛門、おさきを捜しているのか……」

黒木は尋ねた。

「あ、ああ。俺たち取立屋や息の掛かった浪人たちに、おさきを見付けて連れ戻したら十両の賞金をくれるそうだ……」

取立屋は、声を引《ひ》き攣《つ》らせた。

「おさきに賞金を……」

半次は眉をひそめた。

「ええ……」

「して、喜左衛門はおさきを捜し出してどうするのだ」

「さあ、変わらず今迄通り妾にするのか、顔を潰されたってんで、容赦なくぶち殺すか……」

取立屋は、面白そうに笑った。

次の瞬間、黒木は面白そうに笑った取立屋の頰を張り飛ばした。

取立屋は茂みに倒れ、恐怖に激しく衝《つ》き上《あ》げられた。

「喜左衛門に伝えろ。おさきを見付ける前にお前の首を斬り飛ばしてやるとな……」

黒木は、冷笑を浮かべて告げた。

「あ、ああ。分かった……」

取立屋は、恐怖に激しく震えながら頷いた。

黒木は、二人の取立屋を残して河原から柳森稲荷の鳥居前に戻って行った。

黒木喬之助の塒《ねぐら》を突き止める……。

半次は、黒木を慎重に尾行た。


浜町堀の千鳥橋下の船着場には、何艘かの猪牙舟《ちょきぶね》が繋《つな》がれて揺れていた。

瀬戸物問屋『美濃屋』の隠居の秀悦が現れ、番頭たちに見送られて千鳥橋下の船着場に下りた。そして、猪牙舟に乗って大川の三ツ俣《みまた》に向かった。

千鳥橋の袂にいた半兵衛は、船着場に下りて猪牙舟に乗った。

「待たせたね。今出て行った猪牙舟を追ってくれ」

半兵衛は、猪牙舟の船頭に命じた。

「承知しました」

船頭は、半兵衛を乗せた猪牙舟を浜町堀に漕ぎ出した。

半兵衛は、巻羽織を脱いで猪牙舟の舳先《へさき》に座り、秀悦を乗せて行く猪牙舟を見詰めた。

秀悦は、猪牙舟で何処に行くのか……。

半兵衛は読んだ。

猪牙を使うとなると、両国広小路か浅草か、それとも本所深川《ふかがわ》か向島……。

瀬戸物問屋『美濃屋』隠居の秀悦は、黒木喬之助やおさきのいる処に行くのかもしれない。

半兵衛は睨んだ。


柳原通りの柳並木は、緑の枝葉を風に揺らしていた。

黒木喬之助は、柳原通りを両国広小路に向かっていた。

半次は、慎重に尾行た。

黒木は、周囲を油断なく窺いながら落ち着いた足取りで進んだ。

警戒を厳しくしたのは、おさきの許に行くからなのかもしれない。

半次は読んだ。

やがて、賑《にぎ》わう両国広小路の喧噪《けんそう》が聞こえて来た。

大川には様々な船が行き交っている。

瀬戸物問屋『美濃屋』の隠居秀悦を乗せた猪牙舟は、三ツ俣から大川を遡《さかのぼ》って両国橋に進んだ。

半兵衛の乗った猪牙舟は追った。

大川を横切り、本所深川に行く様子は窺えない。となると、秀悦の行き先は両国から浅草、向島になる。

半兵衛は読み、秀悦の乗った猪牙舟を眺めた。

両国広小路は賑わっていた。

浪人の黒木喬之助は、両国広小路の雑踏を抜けた。そして、大川に架かっている両国橋に向かった。

行き先は本所深川か向島……。

半次は、黒木の行き先を読んだ。

黒木は、両国橋を進んだ。

半次は尾行た。

大川には様々な船が行き交い、両国橋には大勢の人が渡っていた。

四

隅田川は吾妻橋《あづまばし》から下流を大川と呼ばれた。

瀬戸物問屋『美濃屋』隠居の秀悦の乗った猪牙舟は、隅田川に架かる吾妻橋を潜って向島に遡った。

半兵衛の乗った猪牙舟は追った。

秀悦の乗った猪牙舟は、水戸《みと》藩江戸下屋敷の前を抜け、向島の土手道沿いを遡った。

何処迄行くのか……。

半兵衛は追った。

秀悦の乗った猪牙舟は、竹屋《たけや》ノ渡《わたし》の前を抜けた。そして、向島の土手道沿いを尚も遡り、浅草橋場町に渡る寺島村《てらじまむら》の渡し船の渡し場に進んだ。

秀悦の乗った猪牙舟は、寺島村の渡し場に船縁《ふなべり》を寄せた。

「よし。岸辺に寄せてくれ……」

半兵衛は、猪牙舟の船頭に命じた。

「へい……」

船頭は、猪牙舟を岸辺に寄せた。

「造作を掛けたね……」

半兵衛は、船頭に笑い掛けて駄賃を渡し、猪牙舟から岸辺に跳び移った。

向島の土手道の桜並木は、幾重にも重なる緑の葉を揺らしていた。

半兵衛は、土手の斜面を駆け上がって土手道に出た。

瀬戸物問屋『美濃屋』の隠居秀悦が、船着場から土手道に上がって来て木母寺《もくぼじ》に向かった。

半兵衛は、秀悦を尾行した。

桜並木が途切れた処に木母寺に続く小径《こみち》がある。

秀悦は、小径に進んだ。そして、小径の途中にある垣根の廻された家の木戸を潜った。

此処か……。

半兵衛は見守った。

秀悦は、垣根の廻された家に入って行った。

半兵衛は見届けた。

どう云う素性の家なのか……。

半兵衛は、小径を進んで木母寺に急いだ。


土手道から黒木喬之助がやって来て辺りを窺い、不審がないのを見定めて垣根の廻された家に入って行った。

半次が追って現れ、黒木が垣根の廻された家に入ったのを見届けた。


木母寺は静けさに覆《おお》われ、境内《けいだい》には焚《た》き火《び》の煙が立ち昇っていた。

老寺男は、枯葉を掃き集めて燃やしていた。

「やあ。邪魔をするよ」

半兵衛は、境内に入って来た。

「此は、お役人さま……」

老寺男は、腰を屈めて半兵衛を迎えた。

「ちょいと、訊きたい事があってね」

半兵衛は笑い掛けた。

「何でしょうか……」

「土手からの小径の途中にある垣根を廻した家、何処の誰の家かな」

「ああ。あの家は浜町堀は美濃屋って瀬戸物問屋の御隠居さまの隠居所ですよ」

「そうか。美濃屋の隠居所か……」

半兵衛は苦笑した。

「はい。左様にございます」

老寺男は頷いた。

「して、隠居所にいつもは誰かいるのかな……」

「それは御隠居の秀悦さまですが、近頃は留守番の若い女の人が……」

「留守番の若い女……」

半兵衛は眉をひそめた。

「はい……」

「そうか、若い女か……」

おさきだ……。

おさきは、隠居の秀悦の隠居所に匿《かくま》われていた。おそらく、隠居の秀悦が黒木喬之助に頼まれたのだ。

半兵衛は、おさきに辿《たど》り着《つ》いた。

「旦那……」

半次が、戸惑った面持ちで駆け寄って来た。

「おう。半次……」

半兵衛は迎えた。

「どうしたんですかい……」

半次は眉をひそめた。

「うん。瀬戸物問屋美濃屋の隠居を追って来たんだよ」

「美濃屋の御隠居さまを……」

「うん。して、半次はどうした」

半兵衛は尋ねた。

「はい。黒木喬之助が柳森稲荷で取立屋を痛め付けましてね。行き先におさきがいると睨み、此処迄《ここまで》尾行て来たんですが、入った家が何処の誰の家か訊きに……」

「あの家は瀬戸物問屋美濃屋の隠居、秀悦の隠居所でね。どうやら、おさきがいるようだ」

半兵衛は笑った。

「おさきさんが……」

半次は、緊張を滲ませた。

「うむ……」

半兵衛は頷いた。


半兵衛は、半次と小径を戻った。

瀬戸物問屋『美濃屋』の隠居所の前には、隠居の秀悦と若い女が佇み、土手道を見詰めていた。

「旦那……」

半次は眉をひそめた。

「うむ……」

半兵衛は、秀悦と若い女の背後に近付いた。

「やあ……」

半兵衛は、声を掛けた。

若い女と秀悦は、驚いたように振り返った。

「白縫さま……」

秀悦は、半兵衛を見詰めた。

「おさきだね……」

半兵衛は念を押した。

「はい……」

おさきは、覚悟を決めたように頷いた。

「やはりな。ま、無事で何よりだ」

半兵衛は、おさきに笑い掛けた。

「お役人さま……」

おさきは戸惑いを浮かべた。

「白縫さま、どうして……」

秀悦は困惑した。

「御隠居、申し訳ないが、後を尾行させて貰ったよ。尤《もつと》も、黒木喬之助もうちの半次に尾行られて此の家に来たのを見届けられたがね」

「そうでしたか……」

「お役人さま。喬之助さんと御隠居さまは、質草のように流される私を哀れんで助けてくれたのです。悪いのは私なんです」

おさきはしゃがみ込み、嗚咽《おえつ》を洩《も》らした。

「質草のように流されるか……」

「はい。私は質流れの質草……」

おさきは、自分を卑下《ひげ》した。

「止めなさい、おさき。そんな事はない……」

秀悦は、怒ったように遮《さえぎ》った。

「おさき、私も御隠居の云う通りだと思うよ」

半兵衛は、おさきを励《はげ》ました。

「お役人さま……」

「して、黒木は家かな……」

「白縫さま。黒木さんは、白縫さまが手前を訪れたのを知り、最早此迄《もはやこれまで》、一刻も早く喜左衛門を討ち果たさなければならぬと出て行きました」

秀悦は告げた。

「なに……」

「旦那……」

半次は緊張した。

「お願いです。お役人さま。喬之助さんをお助け下さい。此のままでは喜左衛門に殺されてしまいます。どうか、どうかお助け下さい。お願いにございます……」

おさきは、半兵衛に土下座《どげざ》して頼んだ。

「うん。半次、猪牙を探すんだ……」

半兵衛は命じた。

神田花房町の質屋『萬屋』には、取立屋と浪人たちが出入りしていた。

音次郎は、取立屋と浪人を尾行て『萬屋』に戻り、見張りに就いた。

僅かな刻が過ぎた。

神田川沿いの道を浪人がやって来た。

喜左衛門に雇われた浪人か……。

音次郎は見詰めた。

浪人は、質屋『萬屋』の前で立ち止まり、店の様子を窺った。

黒木喬之助……。
音次郎は、質屋『萬屋』を窺う浪人を黒木喬之助だと気が付いた。
黒木は、質屋『萬屋』を見据え、息を整えて刀を握り締めた。
斬り込む……。
音次郎の勘が囁いた。
質屋『萬屋』には、喜左衛門の他に何人もの取立屋や浪人たちがいるのだ。
音次郎は、緊張に喉を鳴らした。
黒木は、質屋『萬屋』の横手の母屋の戸口に静かに近付いた。
音次郎は、息を詰めて見守った。
黒木は、刀の鯉口《こいぐち》を切って格子戸を蹴破り、猛然と母屋に踏み込んだ。
音次郎は、質屋『萬屋』の母屋の戸口に走った。
母屋から男たちの怒号があがった。
取立屋の一人が血塗《ちまみ》れになり、戸口から転がり出て来た。
音次郎は、戸口から母屋の中を窺った。
母屋の中では、黒木喬之助が取立屋や浪人たちに取り囲まれていた。

黒木が手にしている刀の鋒《きつさき》からは、血が滴り落ちていた。

「黒木、おさきは何処だ。何処に隠した……」

喜左衛門が、取立屋と浪人たちの背後から怒鳴った。

「喜左衛門、人を質草扱いする外道。叩き斬ってやる……」

黒木は、喜左衛門の前に立ちはだかる取立屋と浪人たちに猛然と斬り掛かった。

取立屋と浪人たちは、必死に斬り結んだ。

黒木は押した。

取立屋と浪人たちは後退りした。

「殺せ、黒木を殺したら十両。いや、二十両だ。二十両やる。殺せ……」

喜左衛門は、顔を醜く歪めて叫んだ。

「おのれ、喜左衛門……」

黒木は、浪人を斬り棄てて喜左衛門に迫った。

喜左衛門は、取立屋を盾にして母屋を逃げ廻った。

黒木は追った。

取立屋と浪人が斬り掛かった。

黒木は、激しく闘った。

母屋は激しく揺れた。

障子や襖《ふすま》は破けて砕け散り、壁は崩れ、天井板が割れて土埃《つちぼこり》が舞った。

黒木は、喜左衛門を追って取立屋や浪人たちと斬り合い、手傷を負い始めた。


どうする……。

音次郎は迷った。

斬られた取立屋や浪人たちは、血を滴らせて逃げ出して行った。

どうしたら良い……。

音次郎は焦った。


黒木は、返り血に顔を染め、取立屋や浪人に囲まれながら喜左衛門に迫った。

「喜左衛門……」

黒木は、血走った眼で喜左衛門を睨み付けた。

「く、黒木……」

喜左衛門は、恐怖に衝き上げられた。

「おさきは質草なんかじゃあない。人だ……」

黒木は、喜左衛門を鋭く見据えた。

「わ、分かった黒木。おさきは返す。お前に返す……」

喜左衛門は、嗄《しやが》れ声を震わせた。

「喜左衛門……」

黒木は、冷笑を浮かべた。


音次郎は、戸口から中を見守った。

「音次郎……」

半兵衛と半次が、筋違御門脇の船着場の階段を駆け上がって来た。

「旦那、親分。黒木が、黒木が……」

音次郎は、半兵衛と半次に叫んだ。

半兵衛と半次は、母屋に駆け込んだ。

音次郎が続いた。

黒木は、喜左衛門に迫った。

刀の鋒から血が滴り落ちた。
黒木は、喜左衛門に薄く笑い掛けた。
喜左衛門は、恐怖に顔を引き攣らせた。
「此迄だ。喜左衛門……」
黒木は、嬉しげな笑みを浮かべて喜左衛門に刀を突き刺した。
刀は喜左衛門の腹を貫いた。
喜左衛門は、顔を醜く歪めた。
残った取立屋と浪人が刀を構え、黒木に背後から体当たりした。
黒木は仰け反った。
「黒木……」
半兵衛、半次、音次郎が踏み込んで来た。
黒木は、喜左衛門に抱き付いたまま崩れ落ちた。
半兵衛は、十手で取立屋と浪人の刀を叩き落とした。
半次が浪人に飛び掛かり、十手で殴り倒して捕り縄を打った。
音次郎は、逃げる取立屋を蹴り倒し、馬乗りになって十手で滅多打ちにした。
「黒木、しっかりしろ……」

半兵衛は、倒れている黒木を助け起こした。

「お、おぬしが白縫半兵衛さんですか……」

黒木は、微かに笑った。

「うむ。白縫半兵衛だ……」

半兵衛は頷いた。

「何もかも私の企《くわだ》てです。おさきに惚《ほ》れた私のした事です。おさきと御隠居の秀悦さまは何も悪くありません……」

黒木は、苦しげに告げた。

「そうか。良く分かった……」

半兵衛は、黒木の潔《いさぎよ》さに頷いた。

「か、忝《かたじけな》い……」

黒木は、必死に微笑み、気を失った。

「しっかりしろ、黒木。音次郎、医者だ」

半兵衛は怒鳴った。

音次郎は、返事をして駆け出して行った。

「旦那……」

喜左衛門の様子を見ていた半次は、半兵衛に首を横に振って見せた。

「そうか……」

喜左衛門は死んだ。

血の臭いが満ちた。

半兵衛は、吐息を洩らした。


黒木喬之助は、生死の境を彷徨《さまよ》った。

半兵衛は、おさきを呼んで看病させた。

だが、黒木はおさきの看病の甲斐《かい》もなく息を引き取った。

一度も気を取り戻す事もなく……。

黒木喬之助は、看病するおさきに微かに笑い掛けて絶命した。

おさきは、黒木の遺体に縋《すが》って泣いた。

半兵衛は見届けた。


「人を質草扱いにするだと……」

北町奉行所吟味方与力の大久保忠左衛門は、眉をひそめて筋張った細い首を伸ばした。

「はい。期限迄に借りた金を返せなければ質草を流すように、借金を返せない者を思いのままにする。質草を流すように……」

半兵衛は、忠左衛門の出方を窺った。

「おのれ、萬屋喜左衛門、それでは御法度《ごはっと》の人の売り買いと変わらぬではないか……」

忠左衛門は、細い首の筋を引き攣らせて怒りを露《あら》わにした。

「それで、浪人の黒木喬之助は怒り、萬屋喜左衛門を付け狙い、邪魔をする取立屋や浪人共を倒し、喜左衛門を斬り棄てた……」

半兵衛は、おさきと瀬戸物問屋『美濃屋』秀悦の名は一切出さなかった。

「そして、討ち死にをしたか……」

忠左衛門は、細い筋張った首で頷いた。

「はい。左様にございます」

半兵衛は頷いた。

「よし。良く分かった」

忠左衛門は、浪人黒木喬之助と質屋『萬屋』喜左衛門を金の貸し借りで揉めた挙句《あげく》の殺し合いとして裁き、一件を始末した。


白縫家の組屋敷の縁側は、朝陽に満ち溢れていた。

半兵衛は、縁側に座って廻り髪結の房吉の日髪日剃を受けていた。

房吉は、元結を切って髷を解し始めた。

半兵衛は、気持ち良さそうに眼を瞑った。

「旦那。睨み通り、あっしは瀬戸物問屋美濃屋の御隠居秀悦さまの髪を結わせて貰っていましてね……」

房吉は、解した髪を櫛で梳《す》きながら話し始めた。

「うん。黒木喬之助を止められず、死なせてしまって申し訳なかったね」

半兵衛は詫《わ》びた。

「いえ。喜左衛門を討ち果たすのは、黒木さんの願い。その願いを叶《かな》えれば、生きていても死罪は免れません。黒木さんも本望だったと思います」

房吉は、哀しげに告げた。

「そうか。黒木とは隠居の秀悦の処で出逢ったのか……」

「はい。一緒に御隠居さまの釣りや寺参りのお供をした仲です」

房吉は、半兵衛の髷を結い始めた。

「そうか……」

房吉は、半兵衛におさきの事を教え、質屋『萬屋』喜左衛門の外道振《ぶ》りを暴いて貰いたかった。

「それで、おさきさんや御隠居さまの名を出さずに事を始末して下さいまして、ありがとうございました」

房吉は礼を述べた。

「礼には及ばぬ。世の中には、町奉行所の者が知らん顔をした方が良い事がある。それに、おさきに穏やかな日々を送らせる。そいつが、死んだ黒木喬之助の願いの筈だからね……」

「旦那……」

房吉は鼻水を啜り、半兵衛の髷を結って元結を巻いて鋏で切った。

ぱちん……。

「房吉、私は知らん顔の半兵衛だよ……」

半兵衛は微笑んだ。

この作品は双葉文庫のために書き下ろされました。

双葉文庫

ふ-16-57

新《しん》・知《し》らぬが半兵衛手控帖《はんべえてびかえちよう》

埋蔵金《まいぞうきん》

2022年2月12日　第1刷発行

【著者】

藤井邦夫《ふじいくにお》

【発行者】

箕浦克史

【発行所】

株式会社双葉社

〒162-8540 東京都新宿区東五軒町3番28号

［電話］03-5261-4818(営業部)　03-5261-4833(編集部)

www.futabasha.co.jp(双葉社の書籍・コミックが買えます)

【印刷所】

中央精版印刷株式会社

【製本所】

中央精版印刷株式会社

【フォーマット・デザイン】

日下潤一

ISBN978-4-575-67095-0 C0193

Printed in Japan

藤井邦夫
柳橋の弥平次捕物噺 一
影法師
時代小説
剃刀与力こと秋山久蔵、知らぬ顔の半兵衛こと同心白縫半兵衛、二人の手先となり大活躍する岡っ引〝柳橋の弥平次〟が帰ってきた！

藤井邦夫
柳橋の弥平次捕物噺 二
祝い酒
時代小説
年端もいかない男の子が父親を捜しに船宿『笹舟』にやってきた。だが、その子の父親は弥平次の手先で、探索中に落命した直助だった。

藤井邦夫
柳橋の弥平次捕物噺 三
宿無《やどな》し
時代小説
浜町堀の稲荷堂で血を吐いて倒れている旅姿の女を助けた岡っ引の弥平次。だが幼い娘を連れたその女の左腕には三分二筋の入墨があった。

藤井邦夫
柳橋の弥平次捕物噺 四
道連れ
時代小説
浅草に現れた盗賊〝天狗の政五郎〟一味。政五郎が元高遠藩士だと知った弥平次は、与力秋山久蔵と共に高遠藩江戸屋敷へと向かう。

藤井邦夫
柳橋の弥平次捕物噺 五
裏切り
時代小説
待望の赤ん坊を身籠った黄楊櫛職人忠吉の女房おかよ。だが、柳橋に佇み涙を流すおかよは、やがて忠吉のもとから姿を消し……。

藤井邦夫
柳橋の弥平次捕物噺 六
愚か者
時代小説
〈書き下ろし〉
廻り髪結のおゆりを付け廻す御家人、島崎清之助。かつての許嫁島崎との関わりを断とうとするおゆりに、手を差しのべた人物とは……!?

藤井邦夫
日溜り勘兵衛　極意帖
眠り猫
時代小説〈書き下ろし〉

老猫を膝に抱き縁側で転た寝する素性の知れぬ浪人。盗賊の頭という裏の顔を持つこの男は善か、悪か!?　新シリーズ、遂に始動!

藤井邦夫
日溜り勘兵衛　極意帖
仕掛け蔵
時代小説〈書き下ろし〉

どんな盗人でも破れないと評判の札差大口屋の金蔵。眠り猫の勘兵衛は金城鉄壁の仕掛け蔵を破り、盗賊の意地を見せられるのか!?

藤井邦夫
日溜り勘兵衛　極意帖
賞金首
時代小説〈書き下ろし〉

米の値上げ騒ぎで大儲けした米問屋の金蔵に目をつけ様子を窺っていた勘兵衛は、一人の荷揚げ人足の不審な行動に気付き尾行を開始する。

藤井邦夫
日溜り勘兵衛　極意帖
偽者始末
時代小説〈書き下ろし〉

盗賊〝眠り猫〟の名を騙り押し込みを働く盗賊が現れた。偽盗賊の狙いは何なのか!?　正体を追う勘兵衛らが繰り広げる息詰まる攻防戦!

藤井邦夫
日溜り勘兵衛　極意帖
亡八《ぼうはち》仕置
時代小説〈書き下ろし〉

千住宿の岡場所から逃げ出した娘を匿った〝眠り猫〟の勘兵衛は、その背後に女を喰い物にする女郎屋と悪辣な女衒の影を察するが……。

藤井邦夫
日溜り勘兵衛　極意帖
盗賊狩り
時代小説〈書き下ろし〉

矢崎采女正が火付盗賊改方に就いて以来、立て続けに盗賊一味が捕縛された。〝眠り猫〟の勘兵衛は探索の裏側に潜む何かを探ろうと動く。

藤井邦夫
日溜り勘兵衛　極意帖
贋金作り
時代小説〈書き下ろし〉

両替商「菱屋」の金蔵から帯封のされた贋金二百両を盗み出した眠り猫の勘兵衛は、贋小判鋳造の背景を暴こうと動き出す。

藤井邦夫
日溜り勘兵衛　極意帖
盗賊の首
時代小説〈書き下ろし〉

盗人稼業から足を洗った「仏の宗平」が火盗改の矢崎采女正に斬り殺された。矢崎は宗平の首を使い、かつての仲間を誘き出そうとするが。

藤井邦夫
日溜り勘兵衛　極意帖
冬の螢
時代小説〈書き下ろし〉

旗本本田家周辺を嗅ぎ回る浪人榎本平四郎。無外流の遣い手でもある平四郎の狙いは一体何なのか？　盗賊眠り猫の勘兵衛が動き出す。

藤井邦夫
日溜り勘兵衛　極意帖
押込《おしこ》み始末
時代小説〈書き下ろし〉

老舗呉服屋越前屋に狙いを定めた勘兵衛。だがその押し込みをきっかけに大藩を向こうに回す攻防に発展する。人気シリーズ興奮の最終巻！

藤井邦夫
結城半蔵事件始末〈一〉
不忠者
時代小説

奥州上関藩に燻る内紛の火種を嗅ぎつけた南町奉行所与力結城半蔵。直心影流の剣が悪を斬る時代小説第一弾。装い新たに五カ月連続刊行！

藤井邦夫
結城半蔵事件始末〈二〉
御法度
時代小説

南町与力結城半蔵と交流のある飾り結び職人のおゆみ。そのおゆみと同じ長屋に住む浪人夫婦を狙う二人の胡乱な侍が現れた。

藤井邦夫
結城半蔵事件始末〈三〉
追跡者
時代小説

脱藩した男を討つよう主命を受けた勝岡藩士を藩の目付衆が付け回していた。結城半蔵は、その上意討ちの裏に隠された真相を探り始める。

藤井邦夫
結城半蔵事件始末〈四〉
濡れ衣
時代小説

京橋の大店「角屋」の倅が勾引された。手代の証言から、矢崎新兵衛という浪人者が捕らえられたが、結城半蔵は矢崎の無実を確信し……。

藤井邦夫
結城半蔵事件始末〈五〉
無宿者
時代小説

茶問屋を勘当され無宿人となった平七が肥後国岩倉藩大沢家の下屋敷を見張っていた。その理由を探るべく、結城半蔵らが探索を開始する。

藤井邦夫
新・知らぬが半兵衛手控帖
曼珠沙華《まんじゅしゃげ》
時代小説
〈書き下ろし〉

藤井邦夫の人気を決定づけた大好評の「知らぬが半兵衛手控帖」シリーズ。その続編が4年ぶりに書き下ろし新シリーズとしてスタート！

藤井邦夫
新・知らぬが半兵衛手控帖
思案橋《しあんばし》
時代小説
〈書き下ろし〉

楓川に架かる新場橋傍で博奕打ちの猪之吉が死体で発見された。探索を始めた半兵衛の前に猪之吉の情婦の家の様子を窺う浪人が姿を現す。

藤井邦夫
新・知らぬが半兵衛手控帖
緋牡丹《ひぼたん》
時代小説
〈書き下ろし〉

奉公先で殺しの相談を聞いたと、見知らぬ娘が半兵衛を頼ってきた。五年前に死んだ鶴次郎の半纏を持って……。大好評シリーズ第三弾！

藤井邦夫

新・知らぬが半兵衛手控帖

名無《なな》し

時代小説〈書き下ろし〉

殺しの現場を見つめる素性の知れぬ老人。後を追った半兵衛に権兵衛と名乗った老爺は何を隠しているのか。大好評シリーズ待望の第四弾！

藤井邦夫

新・知らぬが半兵衛手控帖

片えくぼ

時代小説〈書き下ろし〉

音次郎が幼馴染みのおしんを捜すと、おしんは思わぬ事件に巻き込まれていた……。粋な人情裁きがますます冴える、シリーズ第五弾！

藤井邦夫

新・知らぬが半兵衛手控帖

狐の嫁入り

時代小説〈書き下ろし〉

行方知れずだった薬種問屋の若旦那が嫁を連れて帰ってきた。その嫁、ゆりに不審な動きが。知らん顔がかっこいい、痛快な人情裁き！

藤井邦夫

新・知らぬが半兵衛手控帖

隠居の初恋

時代小説〈書き下ろし〉

吟味方与力・大久保忠左衛門の友垣が年甲斐もなく、後家に懸想しているかもしれない。連れ立って歩く二人を白縫半兵衛が尾行ると……。

藤井邦夫

新・知らぬが半兵衛手控帖

戯《たわ》け者

時代小説〈書き下ろし〉

昼間から金貸し、女郎屋、賭場をめぐる旗本の部屋住み。その絵に描いたような戯け者を尾行た半兵衛たちは、その隠された意図を知る。

藤井邦夫

新・知らぬが半兵衛手控帖

招き猫

時代小説〈書き下ろし〉

ある晩、古い茶店に何者かが忍び込み、床下に大きな穴を掘っていった。何も盗まず茶店を後にした者の目的とは!? 人気シリーズ第九弾。

藤井邦夫
再縁話
新・知らぬが半兵衛手控帖
時代小説〈書き下ろし〉
臨時廻り同心の白縫半兵衛に、老舗茶道具屋の出戻り娘との再縁話が持ち上がった。だが、その茶道具屋の様子を窺う男が現れ……。

藤井邦夫
古傷痕《ふるきず》
新・知らぬが半兵衛手控帖
時代小説〈書き下ろし〉
顔に古傷のある男を捜す粋な形の年増女。湯島天神の奇縁氷人石に託したその想いとは⁉ 人気時代小説、シリーズ第十一弾。

藤井邦夫
一周忌
新・知らぬが半兵衛手控帖
時代小説〈書き下ろし〉
愚か者と評判の旗本の倅・北島右京が姿を消した。さらに右京と連んでいた輩の周辺には総髪の浪人の影が……。人気シリーズ第十二弾。

藤井邦夫
偽坊主
新・知らぬが半兵衛手控帖
時代小説〈書き下ろし〉
質屋や金貸しの店先で御布施を貰うまで経を読み続ける托鉢坊主。怒鳴られても読経をやめぬ坊主の真の狙いは？ 人気シリーズ第十三弾。

藤井邦夫
天眼通《てんがんつう》
新・知らぬが半兵衛手控帖
時代小説〈書き下ろし〉
往来で馬に蹴られた後、先の事を見透す不思議な力を授かった子守娘のおたま。奉公先の隠居が侍に斬られるところを見てしまい……。

藤井邦夫
歳三の首
長編歴史エンターテインメント
箱館戦争の最中、五稜郭付近で銃弾に斃れた土方歳三。その亡骸をめぐり新政府弾正台と元新撰組隊士永倉新八の息詰まる攻防戦が始まる！